THE ZOO

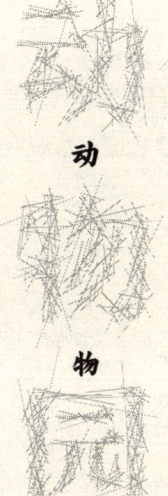

动物园

何小竹 著

四川人民出版社

图书在版编目（CIP）数据

动物园 / 何小竹著. — 成都：四川人民出版社，2021.1
ISBN 978-7-220-12044-2

Ⅰ.①动… Ⅱ.①何… Ⅲ.①中篇小说—小说集—中国—当代 Ⅳ.①I247.5

中国版本图书馆CIP数据核字（2020）第206553号

DONGWUYUAN
动物园

何小竹 著

出版人	黄立新
责任编辑	唐 婧
封面设计	李其飞
版式设计	张迪茗
责任校对	林 泉
责任印制	祝 健
出版发行	四川人民出版社（成都市槐树街2号）
网　址	http://www.scpph.com
E-mail	scrmcbs@sina.com
新浪微博	@四川人民出版社
微信公众号	四川人民出版社
发行部业务电话	（028）86259624　86259453
防盗版举报电话	（028）86259624
照　排	四川最近文化传播有限公司
印　刷	成都东江印务有限公司
成品尺寸	140mm×203mm
印　张	7.75
字　数	118千
版　次	2021年1月第1版
印　次	2021年1月第1次印刷
书　号	ISBN 978-7-220-12044-2
定　价	55.00元

■版权所有·侵权必究
本书若出现质量问题，请与我社发行部联系更换
电话：（028）86259453

目 录

自序：关于这部小说 / 1

动物园 / 5

排练场 / 78

夜总会 / 144

电影院 / 208

| 自序：关于这部小说

四篇小说，看似互不相干，其实是一个东西，即一个主题的四种写法。

动物园即是排练场，排练场即是夜总会，夜总会即是电影院。所以，用"动物园"作为整部书的书名，我认为是能够贴近小说主题的。

这是一部描述困境的小说。

而在写作这部小说之前，我自身便处于一种写作的困境中,即:我不知道小说该怎么写了。讲故事?这世上还有没被讲过的故事吗?探索小说写作的新形式?这更绝望,一百多年来,各种小说写法都已经穷尽,还能玩出什么新的花样?那么,为什么还要写小说?

虽然我回答不了为什么写,但我知道,我必须写,除了写,我没法摆脱这种思虑的困境。写是一种行动,只有行动,才有解决问题的可能。

这四篇小说,是按写作时间的先后顺序排列的。《动物园》写于2015年10月,发表在《大家》杂志2015年第6期,并获首届《大家》先锋文学"实力"奖。《排练场》写于2018年春天,发表于"大益文学书系"第7辑《虚与实》。《夜总会》写于2018年秋天,发表于"大益文学书系"第11辑《彼此》。《电影院》写于2019年2月,发表于《山花》杂志2019年第6期。也就是说,这部小说在写作上跨过了五个年头。而小说里面的时间,跨度则更大,从1979年到2019年,整整四十年。

但时间并不是这部小说的主题。我甚至认为，时间在这部小说中无足轻重，可有可无。相比于时间，我更看重的其实是场景。动物园、排练场、夜总会、电影院，四种场景，也是四个带有封闭属性的空间。这种场景（空间）的选择和营造，即是我写作这部小说的最初动机。

至于小说表达了什么，有何意义，我想读者在阅读之后自有分辨，作者最好保持沉默。

它的目光被那走不完的铁栏杆
缠得这么疲倦，什么也不能收留。
它好像只有千条的铁栏杆，
千条的铁栏后便没有宇宙。

强韧的脚步迈着柔软的步容，
步容在这极小的圈中旋转，
仿佛力之舞围绕着一个中心，
在中心一个伟大的意志昏眩。

只有时眼帘无声地撩起。
于是有一幅图像浸入，
通过四肢紧张的静寂，
在心中化为乌有。

——里尔克《豹》（冯志译）

动物园

1

我最喜欢的动物不是老虎而是骆驼。看见骆驼我就有一种很平静的感觉（这直接影响到一段时间我只抽一种名叫"骆驼"的香烟）。同样的，老虎让人不安和烦躁。长颈鹿则既优雅又滑稽。河马和鳄鱼是丑陋的，但我并不讨厌它们。猴子是一种既滑稽又丑陋的动物，而且让人讨厌。狮子很深沉。大象是忧郁的。其实我对动物的感受和评价比较随意，容易受到外界因素的干扰，也会随自身情绪的变化而变化。因此，换一个时间和地点，我可能说，我最喜欢的动物不是骆驼而是梅花鹿，并认为骆驼是危险的（我因此而放弃了"骆驼"牌香烟，改抽"中南海"）。梅花鹿则充满了温情，让人怜悯。老虎是优雅的。狮子很装逼。大象是擅长冷幽默的喜剧演员。猴子的滑稽则让人笑不出来，很悲哀。河马和鳄鱼很美，但这种美因其陌生而让人畏惧。孔雀（孔雀属于鸟类，我对鸟类一般来说比较敬而远之，但孔雀除外）给人一种梦幻的感觉。

2

每次到动物园，我都只看一种动物。往好里说，这是一种习惯。不好地说，这是一种怪癖。也可以自我辩解为是一种专注。这种专注由来已久，并持续了很长时间，直到得知动物园将要拆迁的消息，感觉剩下的时间不多了，此种专注（或者说习惯和怪癖）才被打破，从一次看一种动物陡然增加到七种、八种、九种。感觉还不够，最后发展到一次看完所有的动物。这是一种超常的（在过去绝对是难以想象的更加怪癖的）节奏。可以说是一种紧迫感，也可以说是一种慌张和恐惧。我甚至冒出过这样的念头，带一只睡袋到动物园去。这个疯狂的念头是我在一次奔跑之中因心跳加快、呼吸急促、差点晕厥时突然冒出来的。或者是，我因突然冒出这个念头而导致心跳加快，呼吸急促，差点晕厥。这个念头的危险性在于，如果我将其付诸实施，我的人生将会随之而改变。

3

动物园旁边就开有一家户外运动商品店，我在那里买的睡袋。我先在家里试睡了一个晚上，感觉还不错。第二天，我就将睡袋装进背包，进了动物园。因为背包里有一只睡袋，这一天显得格外漫长。我一直在搜寻晚上的栖身之地，但始终犹豫不决，希望还有更好的发现。这天的天气特别阴郁，连一向活泼、跳颤的猴子也做出一副垂头丧气的样子，对游客的挑逗乃至扔给它们的食物都爱理不理。几头大象闭着眼睛，鼻子垂向地面，一动不动，像雕塑一般站立在大象馆的草坪上。而我两次路过老虎馆,都看见老虎侧躺在水泥地上,并隐约听见它们平缓而均匀的呼噜声。游客倒是不少。自从要拆迁的消息传出后,一向冷清的动物园突然就多了许多游客。尤其是小孩。所以,整个动物园你能听见的都是小孩们哇哇哇的声音,比鸟类馆那些雀鸟声还要吵闹和烦人。动物园是孩子们的天堂,仿佛谁说过这样的话。我喜欢动物园,但却十分讨厌小孩。我认为小孩是理解不了动物的。我尤其认为,人只有在成年之后,才具备理解动物的能力。越老越能理解。遗憾的是,老年人一般都不大去动物园了。

在骆驼馆,我遇见一位三十多岁的女人,带着一个看上去只有四五岁的小女孩。后来才知道,这小女孩实际上已经七岁半了。"她不爱吃东西,长得瘦小。"她妈妈说。女人长相普通,但乳房饱满,这是她吸引我的地方。她自己穿得比较素雅,却把小女孩打扮得像要上电视去表演某个儿童节目的小天使(或者小丑)。我在看骆驼的时候,她也牵着小女孩在看骆驼。小女孩的手里握了一把青草。我的手里也拿了一把青草。小女孩伏在栏杆上,将手里的青草全部扔下去,青草掉在了骆驼的背上,即两个驼峰之间的那个位置。骆驼扭了一下脖子,鼻孔里呼出一口气,又扭回头来,依然目光呆滞,表情漠然地望着灰蒙蒙的天空,就跟什么事也没发生过一样。小女孩有点不甘心,走过来一把抢去我手上的青草,再次朝骆驼扔下去。这次,这些青草飘散开来,全部掉在了骆驼旁边的地上。我看着这个穿得花里胡哨的小女孩,内心十分愤怒。这是我最不喜欢的那种小孩,任性、没礼貌、胆大妄为,还一副病恹恹的可怜样儿。她知道我在看她,也知道我看她的眼神是什么眼神(愤怒、厌恶、鄙夷)。但她并不正眼看我,就好像我不存在一样。但女人是看见了的。她向我道歉,并要小女孩也向我道歉。她用手拉了拉小女孩的衣袖,小女孩自然是不予理睬,鼻子像骆驼一样冲着天上,还呼呼地出气。"她几岁了?"我问道。"七岁半了。"女人说。"看上去只有四五岁的样子。"我说。"她不爱吃东西,长得瘦小。"女人说。这印证了我之前的一个观点,不爱吃东西的小孩都是脾气和德行不好的小孩。但这样的小孩一般都有一个温柔(或软弱)的母亲。我再次将目光停留在女人丰满的乳房上。"你对骆驼有什么看法?"我问道。她的乳房颤动了一下,这让我想起了多年前的另一个女人。"没想到这么脏。"女人说。我正准备解释一下动物园的骆驼为什么这么脏,突然就下起了暴雨。其实也不突然,这天的天气本来就阴沉得厉害,随时都有下雨的可能,只是下这么大的雨稍微有点让人吃惊。女人好像很在意自己的头发,她马上把手捂在自己的头上,想一想不对,又把手放下来,去抱住小女孩。我看她很慌张的样子,就从背包里拿出一把雨伞。"啊,你还带了伞?"她的乳房又颤动了一下。我把伞撑开,递给她。她接过伞,要我也跟她们一起,站到伞下去。我想推辞,伞不够大。但她不由分说,伸过手来把我拉了过去。她的手十分柔软,像一根柳枝。就这样,我和母女俩一起站到了伞下。我们手臂靠着手臂,看着雨伞外面的瓢泼大雨,很像幸福的三口之家。

4

一个胸前挂着相机的男人在雨中奔跑。他是在动物园专门为游客照相的照相师，名叫李克勤。我每次到动物园都会看见他。我们算是熟人了，但很长时间，我们相互都没说过话。也许是，我知道他是干什么的，但他却不知道我是干什么的，有所戒备吧。有时我们对面撞过，他会刻意看一眼我胸前挂着的相机。但我相信，他并没把我当成竞争对手，只是对我的相机好奇而已。

　　有一次，我们差点就要说话。他遇到了麻烦。他用宝丽来给三位游客拍合影，游客看上去是从县城来的，两男一女，个个都很挑剔，拍了一张又一张，最后挑选了一张满意的，但对不满意的却拒绝付钱。宝丽来相纸很贵的，他很心痛，想要拿回这笔钱，双方发生了争执甚至拉扯。我当时也在围观的人群中，我上去替他解了围。我将那些照片拿在手上，一共8张，我一张一张讲给他们听，尤其是讲给那位女游客听，照片拍得很好，没有一个人闭眼睛，咬嘴唇，偶尔有东张西望，没正眼看镜头，但这恰恰是精彩的地方，很真实，很生动，很生活化，很有意思。你看，我拿着其中一张特别指给那位女游客看，你笑得十分开朗，估计你生活中经常这样开怀大笑，但却从来没有谁像这样帮你把这个瞬间拍下来，这就很有收藏价值了，另外，宝丽来照片是没有底片可复制的，那么，你们不希望每人都有一张合影留着纪念吗？三人点头。好，难道你们不想再多要一张送给自己最想送的家人或朋友吗？女游客率先说，是啊。另外两个男游客想了想，也点了头。最终，8张所谓报废的照片在我的点评和游说之下，都恢复了自身的价值，呈现出应有的光芒。三个县城来的游客高兴地接受了这些照片，付了钱。

　　本来，这应该是我们彼此说话的一个机会。我从他的表情中看出，他很感激我，想要跟我说话，至少是说声谢谢。但我放弃了这个机会。不是我不想和他说话，而是这样的情景下我们说话不合适。我不能让人以为我跟他很熟，甚至就是一伙的，一个托儿，那样的话，我对照片的解读就不具备客观性和说服力了。于是，没等他开口，我转身就走了。虽然后来我们还是经常迎面撞上，但时过境迁，那种说话的契机和氛围已经没有了。我们擦肩而过，就跟之前的每一次擦肩而过一样，偶尔会相互看上一眼，但也只是我看一眼他拿在手上的相机，他看一眼我拿在手上的相机，仅此而已。

5

我的相机是1980年款的"东方"135相机，装胶片的手动机械相机。拿在手上沉甸甸的，很有稳定性。扳动卷片手柄时，发出一串咔咔咔的声音，十分欢快悦耳。现在用这样的相机的人几乎没有了。而我从1980年起就一直用的是这部相机。我还同时买了一套冲印照片的设备，自己在家里用黑布蒙上窗户，用红布（通常是自己的红色三角游泳裤）蒙上灯泡，冲洗胶卷，放大并印制照片。最开始我用这相机拍人，拍我的女朋友，然后是老婆，老婆生的儿子。很多时候，我也会应女朋友（后来是老婆）的要求，将相机固定在三脚架上，用延时拍摄功能，自拍一张类似结婚照或全家福那样的两人合影，三人合影。但我从没一个人对着相机自拍过。后来，从跑动物园开始，我便热衷于拍动物，拍人的时候就逐渐少了，直至完全失去兴趣。

我拍动物的胶卷大概存了有上千个，这花了我不少钱。每拍完一个胶卷，我只是把它冲洗出来，并不放大印制成照片，只以底片的方式保存。倒不完全是钱的问题，虽然印制照片确实很花钱。主要是，我喜欢这种保存影像的方式，就好像让这些动物始终隐藏在黑夜之中，这种感觉很神秘。每个胶卷我都贴了标签，标签上有编号，拍摄时间，以及某个关键词，如：大象、狮子、长颈鹿……或：悲伤、高兴、幻想……任何时候，我可以通过编号、时间、关键词，知道这个胶卷拍的是什么，以及拍摄时的一些情景。

编号1，时间：1992年5月8日。关键词：老虎、生日、意外。这是我在动物园拍的第一个胶卷。但并不是第一次进动物园。之前已经有了往动物园跑的习惯，只是没想过要拍照。这天有些意外，我的生日，老婆问怎么过？我说去动物园。老婆说，那把你的相机也带上。我问为什么要带相机？老婆说，你生日啊。所以我就带了相机，老婆则带了儿子。儿子还很小，刚学走路，会说点简单的话。老婆（包括儿子）是第一次到动物园，她以为我也是第一次。我没说过我来过动物园,但我也没说过我没来过动物园。结果,到了动物园,她就感觉到我是来过的了,并问我是和谁一起来的。我说没和谁,就我一个人。不可能。老婆提高了嗓门,你一个人跑动物园来干什么,神经病啊?我确实是一个人来的。我有口难辩。这时儿子看见了一张巨大的宣传海报,他指着海报兴奋地喊叫,老虎,老虎。我便提议带儿子去老虎馆看老虎。老婆还在为我私自跑动物园的事生气,她二话没说,将儿子推给我,转身就走了。

6

老虎有东北虎、华南虎、孟加拉虎。孟加拉虎是白色的。老虎馆有五个房间,分别关着八只老虎,即:三个房间每间关的是两只,两个房间每间关的是一只。老虎与游客之间有玻璃隔着。每只老虎看上去都像是很疲惫的样子,侧卧在地上,闭着眼睛。偶尔有一只老虎睁开眼睛,抬起头来看看玻璃外面的游客,张一张嘴,然后又耷拉下脑袋，继续睡觉。白色的孟加拉虎是两只关在一起的，一只躺着在睡觉，另一只也躺着，但眼睛是睁开的，眼神漠然地注视着玻璃外面的游客。在老虎馆停留的人不多，看一眼就走过去了。他们或许对这些懒洋洋的老虎有着深深的失望，甚至还有几分鄙夷。我倒是很有耐心，知道它们一定会站起来的。我一直把相机端在胸前，镜头盖打开，调好了光圈、快门和焦距。儿子也表现得很有耐心，不哭不闹，手抓在栏杆上，睁着一双大大的眼睛，看着玻璃墙里面的老虎。五月的天气已经比较闷热了，我的额头上冒出了汗水，儿子的头发上也升腾起乳白色的水蒸气。我问他要不要喝鲜橙多？他目不转睛地说，老虎。儿子认识老虎是因为家里有电视，电视上播过动物的节目。但节目中的动物很多，为什么他偏偏记住了老虎，而且还叫得出它的名字？他不属虎，是属牛的。所以，其中原因我也很茫然。大约等了两个小时之后，老虎终于站起来了。先是那只单独关着的华南虎。它可能是口渴了，站起来的第一件事就是去喝水。然后，便开始在房间里转圈，一直转。接着是两只孟加拉虎，站起来，也是一圈一圈地在房间里转。儿子很兴奋，不停地用手指着转圈的老虎，发出哈哈哈的笑声。

7

我跟动物园的一个饲养员聊过,他告诉我,这里的动物们都吃不饱。这让我很惊讶。为什么呢?我问他。他摇了摇头,欲言又止。难道有人克扣动物的食物?我这样追问的时候,他已经转身走了。自那以后,我开始留意各种动物的状态,看它们表现出来的是否是没有吃饱的样子。但其实这很难判断。包括我用相机拍下来,看它们在照片上的样子,也很难分辨它们究竟是吃饱了还是没吃饱。所以,我只能认为,饲养员可能知道一些内幕。

8

动物园的内幕。我曾经想以此为书名,写一部书。这也是我开始用相机拍摄动物的原因之一。我设想这是一部主要由图片构成的书,其中也会配上一些文字。文字或许与图片有关,或许无关。文体可以是散文,也可以是诗歌。像是一种纸上纪录片,我曾经为这部书做过这样的定义。但我知道这样的定义并不准确。这个过程中我产生了太多的想法,有的想法我用图片完成了,有的想法图片完成不了,我便用文字记录下来。但还有一些想法,瞬间的、模糊的,甚至是无形的,图片和文字均无法体现和表达。就是这些想法始终折磨着我,包括睡觉的时候,这让我一段时间经常遭受梦魇的折磨。

有次我在鸟类馆,我最不喜欢的地方,整整呆了一天。真的是发呆的呆。我发现并不是所有的鸟都喜欢飞来飞去,吵闹不休。也有始终保持沉默的鸟,比如猫头鹰,如果它也算是鸟的话。我拿着相机蹲在一只猫头鹰的面前,整整一天,没听它叫过一声,也没见它动过一下。那天拍摄的胶卷编号是68,时间是1999年7月1日,关键词:猫头鹰、思想、梦魇。我还记得,当天晚上,我回到家冲洗出这个胶卷的时候,已经是半夜。我取下灯泡上的红布,正将底片对着灯光察看,老婆突然闯了进来。她穿着一件睡衣，一副半睡半醒的样子，问我今天拍的什么？我便把底片递给了她。她展开胶卷从左往右看的时候，我就发现，她的表情随着目光的移动而发生着变化。开始是漠然的，渐渐的有一些惊恐，到最后，目光发直，嘴唇颤抖。我问她怎么了？她没听见。我又推了她一下，问她怎么了？她全身一阵痉挛，手中的胶卷掉到了地上。我抱住她，问她怎么了？她一言不发，开始抓扯自己的睡衣，以及睡衣中的乳房。我吓坏了，情急之下，打了她一个耳光。她如梦方醒，茫然地看着我，问我怎么了？我说没什么，你可能在做梦。她又问，我怎么在这里？我说，可能是梦游。她沉思了一会儿，然后就走回自己房间继续睡觉了。后来，我们都没再提起过这件怪异的事情。

还有一次，也是在鸟类馆，关孔雀的那间房子前，发生了一件让人伤心的事情。那天我也是专门在那里拍孔雀。实际上，就是我拍猫头鹰之后的第二天。房间里关了三只孔雀，两只母孔雀，一只雄孔雀。游客中一直有人在向旁边的人解释，羽毛和体形丑陋的那两只孔雀就是母孔雀。羽毛长，好看的那只，就是雄孔雀。雄孔雀才会开屏。雄孔雀开屏是为了吸引母孔雀的注意，是一种炫耀和征服。那个留着平头，戴着一副教授眼镜，穿着却像一个生意人的中年男人反复地向旁边的人解说着，神情十分的兴奋。他的这种兴奋也感染了围观的其他游客，他们都盼望着那只雄孔雀能够马上开屏。他们甚至不顾孔雀根本听不懂人话的事实，一个劲地起哄："开啊，开屏啊，开出来我们欣赏一下啊。"那个孔雀开屏的解说者又说了，雄孔雀看见穿漂亮衣服的漂亮女人也会开屏。大家便开始左顾右盼，看看身边有无这样的女人。一个长得很瘦的男人突然将紧挨着自己的一个女人往前推，女人一直说不，不要，并挣扎着往后躲。但瘦男人哈哈笑着，继续把她往前面推。这女人大约三十岁左右，圆脸，穿了一件粉底带蓝花的连衣裙，皮肤很白，算得上是一个美女。推她的男人，估计是她的丈夫，至少也是男女朋友的那种关系。女人禁不住男人的连推带哄，加上旁人兴奋的喊声，终于站在了人群的最前面，进入到雄孔雀的视野之内。诚如那位解说者所言，雄孔雀一下张开了它尾部斑斓的羽毛，那些羽毛在它昂扬的头颅后面竖立起来，形成一面巨大的扇形屏风。人群开始鼓掌、欢呼，有相机的赶紧举起相机对着开屏的孔雀拍照。正当大家兴奋莫名的时候，一件出乎意料的事情发生了，那个被推上前来诱发孔雀开屏的女人哭了起来。她将两只手臂紧紧地抱在胸前，就好像自己是赤裸着的一样。瘦削的男人搂着她的肩膀，一边瞟着旁人，一边叫她别哭。女人不听，继续哭。男人说，大庭广众的，丢不丢人啊？这话无疑让女人更受刺激。她挣脱开男人的手，开始抓扯自己的连衣裙，一边抓扯一边喊叫："看吧，让他们看个够。"连衣裙从领口的位置斜着往下被拉开了一条长长的口子，里面的胸罩露了出来。女人歇斯底里地继续抓扯自己的胸罩。男人也愤怒起来，他伸出两只精瘦的手臂，想要去挡开女人的手。但女人还是扯掉了自己的胸罩。男人也变得有点歇斯底里了，他先打了女人一个耳光，然后对着女人高声咒骂，用的是这座城市最恶毒、最肮脏的语言。女人重新将双手抱在胸前，朝地上蹲了下去。

我将这天拍的胶卷编号为90，时间是1999年7月2日，关键词：孔雀、羞耻、伤心。

9

据说，这座动物园开始的时候只有三只动物，一只老虎、一只猴子、一只穿山甲。这是1950年，这座城市刚刚解放。老虎是没收来的，猴子是一个江湖艺人丢弃的，穿山甲是一位开明绅士捐赠的。动物园的房子原来是一座寺庙。政府让寺庙的住持当了动物园的园长，其余和尚当了饲养员。住持法号净空，当了动物园园长后，去掉了法号，回归俗名张元亮。那时候，张元亮已经61岁。他像过去化缘一样，在这座城市里游走，收罗那些被遗弃的动物。但被他带回来的基本上就是流浪狗和流浪猫。新副市长过去是一位作家，他参观了动物园，看见一些游客还是带着香蜡到供有菩萨的屋子里烧香拜佛，便对陪同的张元亮说，这不像样子，除了老虎，没什么稀奇可看，哪里是动物园，还是你的寺庙嘛。他回去后给政府打了个报告，要求财政拨款，购买更多的动物。从那之后，动物园陆续有了狮子、豹子、大象、长颈鹿、河马、孔雀等市民们从没见过的动物。随着动物的增加,那些菩萨、罗汉也就一个一个地消失了。曾经的寺庙慢慢地变成了真正的动物园,人们也逐渐忘记了张元亮的和尚身份,习惯于叫他张园长了。

1960年,后来所谓的"困难时刻",粮食和许多副食品实行配给制。张元亮就是在这一年去世的。作为一名得道高僧,他怀着巨大的悲悯之心,为园里的动物们向政府争取基本的配额。同时,他也怀着巨大的悲悯之心,对那些跑到动物园来偷食动物配额的市民睁一只眼闭一只眼,暗地里救了不少人。他和他的徒弟们则谨守教规,不仅没克扣、私吞过动物的配给食物,更没动过杀动物充饥的念头。张元亮死之前说的最后一句话是,我好想喝一口黏糊糊的米汤啊。

据一位熬过了三年的困难时期的老和尚说,有一次他和一个小和尚手里抱着一只鸡去老虎馆喂老虎,小和尚一边走一边哭,他问他哭啥子?小和尚也不说。后来,当他把那只鸡扔进老虎笼子的时候,自己也终于忍不住放声大哭起来。小和尚问他为什么这样哭？他说，老虎好可怜，半个月才吃到一只鸡，还是这么一只瘦小的鸡。小和尚说，师傅，我们半年都没吃到一碗干饭了。说完，又哭了起来。

10

我第一次到动物园，是1992年。一个女人约我去的。我们没见过面，只通过电话。她在电话里的声音很美。我们通电话已经一个月了，这一个月中，我们在电话上做了两次爱。然后有一天，她说我们可以见见面了，并把见面的地点约在了动物园。

跟类似的许多故事一样，这个声音很美的女人，长相却很一般，甚至有些偏丑。所以，见面后我不是很想说话。我只问她，为什么约在动物园？她说，动物园可以看动物。我看了她一眼，就不再说什么了。不得不承认，她有先见之明，动物园可以看动物，避免了不说话的尴尬。

对于见面的结果，她好像早有准备，所以表现得比我要坦然得多。我们一路无语地看了老虎，又看了狮子和豹子。就在看豹子的时候，她突然偏过头去，自己笑了起来。我问她笑什么？她反问我，你是不是很失望？我不知该怎样回答。想了想，我说，你身材很好。确实，这女人身材很好，我没说假话，尤其是乳房，在一件兔毛毛衣的覆盖下，十分饱满和挺拔。其实，之前在电话上她就说过，自己的乳房很大。我还问，有多大？她说，以后你见到就知道了。看来，对于自己的身材，她是信心十足的。所以，对于我的赞美，她并没表示出多大的惊喜。她只是淡淡地笑了笑说，你也跟我想象的一样。我不知道她说的"一样"是指的什么，正在想该怎样接她的话，我们便进了喧闹的猴子馆。然后，就发生了一个比不说话更尴尬的小插曲。猴子馆的一群猴子，不是跳来跳去在假山和树枝上玩耍，就是蹲坐在地上，互相抓身上的虱子（其实是皮毛中的盐分）吃，唯有一个猴子，孤独地坐在一块石头上，看着我们（准确地说是看着我旁边的女人）龇牙咧嘴地发出一种怪叫声。女人也发现了那只猴子的异样（猴子的生殖器已经肿大起来很是壮观了），她先是一笑，然后转过头来看了我一眼。这一看,让我感到很不自在,马上联想到之前在电话上她也问过我,你有多大?我当时学她的话说,你见了就知道了。我猜她此时看见那只猴子的形状,便联想到了我们曾经的那番对话。所以,她看我的那一眼既羞涩又妩媚,还有几分将此物比彼物的调侃。我还没来得急表示什么,她却已经很自然地靠拢过来,挽住了我的手臂。

接下来,我们再也无心看动物,而是迫不及待地想要找到一个隐蔽的地方。但是,要在动物园找一个隐蔽的地方并不那么容易。我们转来转去,差不多两个小时之后,才终于找到一个地方,熊猫馆背后一间堆杂物的板房。门是上了锁的,但幸运的是,门上有一个破损的缝隙。我们从这个缝隙挤了进去。但是我太紧张了,脑子里有很多杂念,表现得并不好。她倒是很体贴,不厌其烦,用了各种办法以增强我的信心。想一想刚才那只猴子,她说。于是我脑海里便出现了那只龇牙咧嘴的猴子,以及她当时看着猴子的那种眼神和表情。这样一想,似乎没那么紧张了,感觉便一下好了起来。真乖,真厉害,真好。她掐了我一下,又掐了我一下,不失时机地给我加油打气,后来便频繁地使劲掐我,我忍住没叫,她却叫了起来。这是初春三月,天气还有点凉,但她的身上和我的身上都冒出了汗水。虽说最后算是成功抵达(她回过头来,眼神中流露出满意的样子),但我还是觉得整个过程十分狼狈。我想到了"交配"二字。是的,像动物一样的交配。

11

这些年我在动物园拍摄的那些照片中有一大半都是动物交配的镜头。这些镜头不是随便能拍到的,需要等候,需要耐心,有时还需要一点运气。除此之外,还需要知识,即了解动物的习性,这比耐心更重要。为此,我到购书中心买了一些相关的书籍回来潜心阅读,以获取相关的知识,尤其是有关动物发情和交配的知识。我也主动和动物园的饲养员交朋友,虚心向他们请教,从他们那里获得书上得不到的更直接和具体的知识,避免了我拍摄的盲目性。很多动物一年只交配一次,比如老虎。因为老虎那东西很特别，上面长满了倒钩，饲养员说。那东西就如同一把凶器，让交配中的母老虎苦不堪言，所以一年只交配那么一次。但就是这一次，每只老虎的交配时间（具体到某天某时）也是不一样的。所以，饲养员的经验和指点就显得至关重要。幸运的是，我拍到过两次老虎的交配。一次是1997年。一次是2008年。两次都得益于饲养员的通风报信。估计就是明天了，饲养员说。第一次拍到的是东北虎。我带着相机一早就进了动物园，守候在东北虎的笼子前。我不吃不喝一整天，以免上厕所而耽误拍摄时机。两只老虎的情绪看得出来都比较烦躁，彼此之间一直在试探和周旋。也许受环境的干扰（游客从上午到下午都没间断），两只老虎一直就在那里转圈子，即使公老虎偶然骑到了母老虎的背上，但马上就被母老虎甩了下来。很明显，母老虎是刻意在躲避。中午的时候，也许是太累了，两只老虎还相安无事地睡了一个午觉。就这个时候，我也没敢闭一下眼睛。直到临近黄昏，游客都散了，我也十分虚弱无力了，两只老虎开始有了不一样的表现，算是真正进入状态了吧。这种状态的表现是，转圈的步伐明显加快，还出现了剪、扑、腾、挪的动作，这样相互纠缠了十多分钟，公老虎一声呼啸，成功地骑上了母老虎的后背。这一次，母老虎想甩也甩不掉了。

我还拍到过大象的交配，这纯属偶然，是运气。只是，作为一个庞然大物，大象的交配远不是我想象中那么惊心动魄。我以为那个场面无论如何都会超过老虎的，但实际情景完全不是这样。整个过程都是静悄悄的，就跟它们平常的状态一样，沉稳，缓慢，一丝不苟。但也可以说是笨拙，死板，无趣。只在最后的关头，后腿直立的那只大象摇晃了一下，我感觉我站立的地面也摇晃了一下，才显示出一点大象的威力。至于猴子、斑马、长颈鹿，以及鸵鸟、孔雀，这些动物没明显的发情期，交配比较随意，拍摄的机会也就很多（尤其猴子和鸵鸟）。迄今为止，我的胶卷中唯一缺少的就是熊猫的交配。

12

熊猫是一种很奇怪的动物，理论上它们一年交配一次，但实际上一年也未见得有一次像样的交配。我在熊猫馆守了几年，终于得知一个内幕，动物园的熊猫都是靠人工授精而实现繁殖的。那个告诉我内幕的饲养员还问我，想不想拍一下人工授精？并暗示我，只要给点好处，他可以打通所有的关节，帮助我拍到这样的照片。我谢绝了他的好意。我对人工授精没有兴趣。再说，我本来就不喜欢熊猫这种动物（就像我不喜欢小孩一样），如果它们自己不愿交配，那就更无拍摄的必要了。到了后来，我什么动物都不拍摄了，感觉很厌倦。但我还照常去动物园，只是不带相机了。我想单纯用眼睛（不依赖相机）重新观看一下这些我用相机拍摄过的动物。

13

我的这个变化被那个照相师发现了。看来他一直在注意着我，就像我注意着他一样。他也一直在寻找与我说话的机会，就像我也在寻找这样的机会一样。现在我不带相机了，似乎是个绝好的机会。所以，有一天，其实也是很平常的一天,他就主动跟我说话了。他问我,怎么不带相机了?我一点没觉得这个问题很突兀,很自然地回答说,不想带了。从这个对话开始,我们便像两个老朋友一样毫无障碍地交谈起来。

我问他,这么多年一直都在这里给人拍照,感觉枯不枯燥?他说,没觉得枯燥,不过也没办法,别的什么都不会呀,只能干这个。他晃了晃手中的相机。然后他问我,老师靠什么为生?我说,这个问题不好回答。他笑了笑,摸了一下头,表示理解。但后来我还是告诉了他,我是个诗人。他很惊讶,是真的吗?你写过什么诗?我说是真的,我写过很多诗。他继续惊讶着,像看一个外星人一样地看着我。你是我唯一见过的还活着的诗人,他这样说。我一时没理解他的意思,难道他还见过死了的诗人?真没想到,他说,这辈子我还能认识一位诗人。

我告诉他我是诗人的时候,是在他位于动物园侧门旁的那间小屋里。他说,这就是他的工作室。很逼仄,也有些破败。他让我参观了他的暗房,那其实就是一个卫生间改造的。暗房里抽水马桶依然存在，所有卫生间的功能都保留着，其实就是暗房兼卫生间。很多放大、洗印出来的照片用木夹子夹着，悬挂在几根横拉在空中的尼龙绳上，全是游客在动物园的留影照。墙上还贴了一些，是那种统一尺寸的宝丽来一次成像照片。他指了指那些照片说，都是客人不要的，报废了的照片。我说，我很喜欢你拍废了的这些照片，很特别。对于我的恭维，他有点不相信，问我为什么？我说，它们看上去有一种艺术感。我的评价让他有点不知所措。他说，这些照片太俗气了，都不是他自己想要拍的，混饭吃而已。于是，他拿出一只纸袋，抽出一大摞照片递给我，让我看，这才是他自己想要拍的那种照片。

其实就是一些风景照。很普通的风景照。日出、日落、彩虹、云海、夜景之类的。他说，他最大的愿望就是举办一次个人摄影展。就用这些照片吗？我问。他从我这句问话中，感觉到了我对他这些照片的不屑。他没说话，场面有点尴尬。我感觉，如果我继续说真话，可能会毁掉他的一些什么（比如自信、梦想、幸福感之类的）。但他那么真诚地邀请我看他的照片，我不得不继续说下去，而且只能说真话，否则我会于心不安，厌恶自己。所以我说，我最喜欢的还是你为游客拍的那些照片。我还说，如果真要办个人影展的话，我希望是你的那些照片。它们（那些以宝丽来为主的合影照）很有艺术感，很高级。我在语气上特别强调了"高级"二字。对于我的这番评价，他没有吭声。他沉默着，目光一直停留在自己的那些风景照片上。过了好一阵，他抬起头来问我道，写诗能养活自己吗？我说，只是爱好而已。他若有所思地点了点头，又问，你能背一首你的诗来听一下吗？我说，很遗憾，我背不了自己的诗。

14

但我答应要送给他一本我的诗集。这二十年中，我自己印了二十本诗集，一年一本。我选了2010年的一本送给他。这本诗集名叫《虎年纪事》。

15

当照相师从雨中奔跑过去之后,那个卖乌龟的女人也从雨中奔跑了过去。奔跑时手里还抱着她的乌龟。这个女人在动物园里兜售乌龟至少有十年时间了。几乎每次到动物园我都能碰见她,就像几乎每次都能碰见那个照相师一样。我只是不知道她叫什么名字。照相师一定知道她叫什么名字,因为我经常看见他们在一起。而且,从一开始我就怀疑他们之间有一种说不清楚的男女关系。果然,有天下午,我就在照相师的小屋里撞见了这个卖乌龟的女人。那是个星期天,游客比较多,但我转了大半天,都没看见本该忙着给游客拍照的照相师的身影,担心他是不是生病了,就跑去他的小屋找他。小屋的门关着,我敲了敲门,又叫了照相师的名字。没人开门,但听得见里面传出一阵窸窸窣窣的声音,很慌乱的样子。李克勤,你生病了吗?我再次敲门。里面又窸窸窣窣地响了一阵,然后门开了。照相师站在虚开的门缝后面,一脸慌乱的样子。我又问他,你生病了吗?一天都没看见你。他说,没生病,只是有点不舒服。我说,没病就好。又问,我能进来吗?他犹豫了一下,拉开门,把我让了进去。屋里没开灯,也没开窗户,显得比较昏暗,但我还是借着门外的一缕光线,看见了那个卖乌龟的女人。她斜着身子坐在床边,手里还抱着她的乌龟。她看见我,笑着点了点头,有些尴尬的样子。但其实更尴尬的是我。谁都明白,这屋里刚才发生了什么。我想找点合适的话来说,却怎么也找不到。我又希望照相师能说点什么,但他也是闷着什么都不说。我有点怪他,这种情况还给我开门,不是安心让我尴尬吗?他完全可以不给我开门的。但是门已经开了,现在马上说走也不太合适。真是进退两难。后来还是我先说话,打破了僵局。我指着卖乌龟的女人怀里抱着的那只乌龟,问道,这只乌龟还没卖掉吗?卖乌龟的女人愣了一下,忽然明白了我的意思,拍了拍手中的乌龟,笑着说,这只是新的,你以前看见的那只已经卖掉了。这时候照相师也插嘴说,对的,这只是新的。他像一下找到了说话的灵感,又问我,你要不要把这只乌龟买了去?我说,我可能买不起,很贵吧,多少钱?卖乌龟的女人说,贵是有点贵,但我可以送给你，不要钱，你要不要？我当然不能要。我从不养动物。即使养动物，也不好意思无缘无故白要人家一只乌龟吧？我说，谢谢你的好意，但我一点不喜欢乌龟。卖乌龟的女人也知道我不会要，她笑着从床边站了起来（她终于有了离开那张床的一个理由），对我和照相师说，你们摆一下龙门阵，我要去卖乌龟了。然后就抱着她的乌龟走出门去。过后我对照相师说，我真的怀疑她手里的那只乌龟还是我十年前看见的那只乌龟，一直都没卖掉。照相师笑了起来，说，这怎么可能呢？要还是十年前的那只乌龟，这十年她吃什么，穿什么？我也笑了。我说，乌龟看上去都是一样的。

16

自从撞见了照相师和卖乌龟的女人之间的秘密，卖乌龟的女人后来见到我，感觉就有些异样（双方的，我的神情肯定也有些异样）。通常，我们碰面之后是这样打招呼的：还是那只乌龟吗？我问。是啊，送给你要不要？她说。她的眼神，她的姿态，都有一种心照不宣的意味。而且，好像是故意的，她让我感觉到她有一对丰满迷人的乳房，那是她身上除了嘴唇之外最美的地方。她的嘴唇不涂口红都是鲜红而湿润的。有次我问她，你在动物园卖乌龟，不怕管理人员抓你吗？她说，哪个抓我哪个就是乌龟王八。说完，咯咯咯地自己笑了起来。但我是真的疑惑，怎么会允许她在动物园卖乌龟呢？如果可以在动物园卖乌龟，那不是也可以在动物园卖鸡卖鱼了吗？还有，她的那些乌龟又是从哪里来的呢？我问过她，她说，自己养的啊。但乌龟是长得很慢的，那么大一只乌龟，要养几十年才行吧？她说，是啊，我几十年前就开始养了。这些话我当然不信。有一次我们正面对面地站着聊天，她手上抱着的那只乌龟突然把头伸了出来，那样子特别狰狞，又特别下流、恶心。我本能地往后退了一下，差点跌倒。她哈哈哈地笑着说，你一个男人还怕这个？我其实不是怕，只是觉得……有点……那个。我指给她看乌龟伸出来的头。她低头看了一眼，脸突然就红了。太坏了，我本来以为她会这样说，但她没说。

17

我问照相师，卖乌龟的女人有自己的男人吗？照相师有点不好意思，以为我在拿这个话责备他。所以，对于我这个问题，他是这样回答的："其实，现在的女人哪个不背着自己的男人出来偷一下呢？"听他这样说，我也不好意思起来。我想到了多年前自己在动物园干的同样的事情。我说，我不是那个意思，只是随便问一下，你别多心。他听了我的话，就更不好意思起来。他说，她有男人，是做保安的。是动物园的保安吗？我问道。是的，照相师笑着点了点头。我也笑了。我说，你胆子真大啊，保安的婆娘也敢搞。这样一说，氛围一下就轻松了。他突然压低嗓音，靠过来对我说，其实大家都知道，做保安的自己也知道。我不解，知道什么？我的迟钝让他有些诧异。他怪笑了一下说，卖啊，还不明白？我的确还有点不明白，卖乌龟？但这个话我没问出口，因为我马上就领会到了那个"卖"字的特殊含义。是这样啊？我做出似信非信的样子。他以为我真的还不相信,便又靠近过来,把嗓音压得更低地对我说,你要不信,哪天亲自试一试?我不能再问试什么试了,那样就未免太装了。我就学着他压低了声音问道,贵不贵啊?他听我这样问,知道我完全明白了,显得很高兴的样子,气氛便更加轻松起来。他说,不贵,比她手上的那只大乌龟便宜多了,相当于一只小乌龟。嗯,我点了点头。我说,看来她手上那只大乌龟真的是十年前我看见的那只乌龟啊(意思是她抱在手上的那只大乌龟仅仅是她"卖"的一个幌子)。照相师突然大笑起来,也学着我那天的话说,乌龟都是一样的嘛。

18

我又知道了动物园的一个秘密,但这并没有让我感到欣喜。相反,还有点莫名的悲哀。尤其当我再碰到那个卖乌龟的女人的时候,真有点不敢去直视她的眼睛。我害怕自己会掩饰不住内心的欲念,那种十分下流的、乌龟一样的欲念。我害怕自己控制不住自己,也像照相师那样,花一只小乌龟的钱，便完成与一个女人的肉体交易（那个价格确实很便宜，很诱人）。我开始躲着她，尽量不与她碰面。而且我也知道了哪个保安是她的男人，就是那个长得很胖的保安，胖得流油，尤其夏天的时候，这个保安的保安服总是被汗水打湿，看上去就像尿布一样，让人很不舒服。所以，当摄影师有一次碰到我，问我怎么样，有没有试一下的时候，我突然莫名其妙地很生气。我说，试个锤子！

19

雨还在下，而且越下越大。伞太小，罩不住三个人。小女孩已经被女人拉过来站在了我和她的中间，这样，从伞外飘进来的雨水，以及从伞面上流下来的雨水，都落在了我和女人的身上（我的右半身和她的左半身）。但是，小女孩还是喊叫起来。妈妈，我的脚泡水了。听见小女孩的喊叫，我们都低头去看，小女孩的一双脚，穿着小皮鞋和彩虹袜子的脚，完全泡在了雨水中。这样会感冒的，女人忧心地说。其实这样下去不光小女孩会感冒，我们（我和那个女人）都会感冒。所以，这样躲雨躲下去是不对的。我正准备提议，去鸟类馆旁边的那个茶铺躲一下，就看见了一只老虎在雨中奔跑。

　　一只孟加拉虎，我曾经拍摄过它交配的，那只白色的孟加拉虎，不知什么原因从笼子里跑了出来。雨水打湿了它的皮毛，使它看上去跟平时不大一样，有些变形，变得瘦小了，一副滑稽的样子。一些人也在奔跑着。我原先以为，这些人是受了老虎的惊吓而奔跑的。但看了一会儿，发现不对，不是老虎追着人在跑，而是人在追着老虎跑。这就是新闻了，我禁不住笑了起来。但我旁边的女人却被眼前的一幕惊呆了。她一下抱住了我。然后觉得还不够，又腾出一只手来抱住了小女孩。怎么办啊？她恐惧地问道。我告诉她，从目前的情形来看，是虎落平川，人反而是强势的，所以，我们也暂时是安全的。暂时？她瞪大眼睛看着我，对我使用的"暂时"这个字眼很不放心。于是，我告诉她，我们应该找个地方躲一下雨，防止感冒才是当务之急。她同意了。我们便相拥着穿过雨水，去了鸟类馆旁边的茶铺。

这是一间没有名字的茶铺，也是动物园里唯一的茶铺。我对这里很熟悉。多年前，茶铺的老板是一个姓杜的中年女人，我叫她杜姐。每次到动物园，我都要来这里坐一下。杜姐知道我是诗人，她看见过我在这里拿着一个笔记本写诗。杜姐说，她年轻时也喜欢过诗歌，最喜欢的诗人是杜甫，因为他姓杜。但她保持最久的爱好是穿衣服，穿各种奇怪的衣服。其次是旅游。她几乎每个月都会消失几天，当再见到她的时候，她就说自己又出去旅游了。而旅游的目的地很固定，就是西藏。杜姐是单身，我怀疑她在西藏有一个相好。但杜姐否认，只说自己是单纯地喜欢西藏那个地方。前两年，杜姐将茶铺转让出去，便彻底消失了。接手的是一对年轻夫妇。男的姓蔡，女的也姓蔡，我都叫他们小蔡。男小蔡长得像王宝强，女小蔡却颇有几分姿色，长得像蔡依林，是脸长得像，身体却比蔡依林要丰满得多。他们知道我是茶铺的老顾客，对我很客气，每次我到茶铺，夫妻俩就会同时出现在我的面前，跟我寒暄几句。一对形影不离的夫妻，很少看见他们有不在一起的时候。有次很难得地看见女小蔡一个人在茶铺里，刚跟她聊了几句，男小蔡就过来了。而我其实是不怎么喜欢男小蔡的。没有具体的理由,就是不太喜欢。

当我们从大雨中躲进茶铺的时候,形影不离的夫妻俩同时迎了上来。从他们的眼神和寒暄(跟以往不一样的寒暄)中,我感觉到,他们是把我和这个女人以及小女孩当成一家人了。女人似乎也感觉到了这一点,便显得有些不自在。他们称呼她嫂子,她看了我一眼,没反对,算是默认了。我问,有干毛巾吗?两个小蔡同时说,有。一会儿,他们便拿了两张毛巾过来。我让他们把毛巾递给女人,让她擦一擦自己的头发,也擦一擦小女孩的头发。我知道她很在意自己的头发。我自己则脱下外套,用外套的左侧擦了一下自己的脸和头发。小蔡看我们不仅头发打湿了,衣服和裤子也都打湿了,便主动搬出冬天才用的电烤炉让我们烤。对此,女人流露出由衷的感激之情,连说了几个谢谢。

我问小蔡,你们知道老虎跑出来了吗?小蔡说知道。怎么回事呢?我问。不知道,小蔡说。看得出来,他们对老虎跑出来了这件事并不十分惊讶,甚至都不太在意,连好奇一下的感觉都没有。猴子也跑出来了,女小蔡说。是吗,什么时候?我问道。女小蔡指了指茶铺外面,就现在。我转身去看,果然是猴子,跑出来的不止一只,而是一群。还有一群人也跟在猴子的后面奔跑。我很奇怪,这些人就不怕猴子抓咬他们吗?不仅不怕,就像刚才那群追着老虎跑的人一样,他们也是追着猴子在跑。真是奇怪了,是人的胆子变大了,还是动物的胆子变小了?这时动物园的高音喇叭突然响了起来。先是一阵噼噼啪啪的噪音,接着,出现了一个中年男人的沙哑嗓音:"游客朋友们,游客朋友们,请你们不要追逐动物了,请你们不要追逐动物了。游客朋友们,游客朋友们,请你们立即停止追逐动物,请你们立即停止……"又一阵噼噼啪啪的噪音,覆盖住了中年男人的声音。就在这间歇之中,一头大象又出现在雨幕之中。它没有奔跑,而是以沉稳的步伐,踩着地面上的雨水,踩一步溅起一柱水花,踩一步溅起一柱水花。它的周围,同样跟了一群人,这些人正试探着用手里的雨伞、木棍、绳索和矿泉水瓶子去制服这头大象。大象旁若无人,继续以沉稳的步伐踩着地面上的雨水行进,但它的身上已经遭受了无数矿泉水瓶子和棍棒的袭击。还有一根绳子，打了活扣的，套住了大象的鼻子。大象试图甩掉鼻子上的那根绳子，但甩了几下，都没甩掉。高音喇叭继续发出噼噼啪啪的噪音，中间时断时续、若隐若现地混杂进中年男人沙哑的嗓音，似是而非的只言片语，这其中只有一句完整的句子艰难地从一片噪音中挣扎出来：
"……我警告你们，动物也是受法律保护的……"

女人有些恐慌，问我怎么回事？我说，这可能是一个阴谋。她问什么阴谋？我说目前还看不太明白，太突然了，很乱。她又问，你还打算继续留在这里吗？我说是的。为什么呢？她问。我一下不知道该怎么回答。过了一会儿，我说，我把睡袋都背在身上了，只能留在这里，别无选择。然后，我问她有什么打算？她看着小女孩，沉默着，好像内心经历着某种挣扎，嘴唇微微地有些发抖。看到她这个样子，我有些于心不忍，便做出了一个决定。我说，我先送你出去，然后我再回来。她点头，表示同意。

20

我拿起雨伞,准备撑开。但女人说,雨已经停了。确实,雨已经停了,停得这么突然。那些追逐动物的人群连同他们追逐的动物也突然不见了踪影。动物园一下变得空旷起来,喇叭里还播放起了舒缓的音乐,是某部电影的主题曲,电影的名字我忘了,但那个旋律我记忆深刻。女人一手牵小女孩,一手挽住我的手臂。你刚才讲的那些故事都是真的吗?她问道。我笑了笑,反问她,你不相信?她没说话,也没笑,而是咬住嘴唇,嘴唇还在微微发抖。你是不是有点冷?我伸出手摸了一下她的手臂,裹住手臂的衣袖确实还有些湿润。她摇了摇头,你的记忆真差,她说。这次,她咧开嘴唇,笑了一下。我不知道她这话是什么意思。我说,你在怀疑那些故事的真实性?她又笑了一下,这种笑让人不知如何理解。突然,她站下来,与我面对面地对视了一下,想说什么,但马上又咬住嘴唇,把到嘴边的话又咽了回去。我们继续往动物园大门方向走，她仍然挽着我的手臂，但彼此都不说话。小女孩也很安静，对于我和她妈妈靠得这么近好像并不介意，只管埋头走路，偶尔遇上地面的水洼，也会乖巧地绕过去。你是一个好父亲吗？女人突然又问道。她也许注意到了我一直在观察她的女儿，才想到了这么一个问题。我说，这不好说，尤其自己不好评价自己是不是一个好父亲。我指了指小女孩，她的父亲呢，他怎么样，是个好父亲吗？女人的手轻微地抖了一下。她转过头，看了我一眼，马上又转过头去。我们继续沉默着往动物园的大门走。终于到了大门口，我把伞递给她，她说不用，我说万一路上还会下雨呢？就在这时候，她突然问我，你真的不认识我了？我看着她，不知该如何回答。见我一脸茫然的样子，她没继续逼问，拿着我的伞转身就走了。

21

我在动物园驻扎了下来。晚上睡在睡袋里，白天将睡袋卷起来，放进背包。虽说是驻扎在动物园，但我并不喜欢在固定的地方过夜。我喜欢居无定所，每天晚上都选择一个不同的地方安置我的睡袋。

我和那个照相师，还有那个卖乌龟的女人经常聚在一起。我们谈论得最多的是动物园正在发生的事情。照相师说，不知为什么，游客越来越少了。卖乌龟的女人说，动物也在减少。我说，这是为什么呢？他们说，很奇怪，但不知道为什么。我又问，那些减少的动物去了哪里？他们说，不知道。我说，这是不是一种迹象呢？照相师说，我也觉得是一种迹象。卖乌龟的女人问，你们说的迹象是什么意思？我看着照相师，照相师也看着我，我的意思是想让他来回答，我们所说的迹象是什么迹象？但好像他也在等我来回答。我只好说，如果仅仅是游客减少了，这很好理解，说明动物园不会拆迁了，人们不用急吼吼地来看动物了，关于拆迁的传闻只是一个谣言。卖乌龟的女人打断我的话，怎么说是谣言呢？我看了她一眼，因为事实上动物园并没拆迁。她说，但是动物在减少啊。我说是的，这就是不好理解的地方，这种迹象又说明，那个传闻不是空穴来风，动物园可能真的要拆迁，不是谣言。卖乌龟的女人听了我的话，眨巴着眼睛想了半天，然后很生气地说，你这不是很矛盾吗？照相师在旁边笑了起来，这就是一种迹象，所有迹象都是矛盾的。卖乌龟的女人说，我去问问我老公，究竟是怎么回事？

　　游客少了，这直接影响到照相师的生意。一天下来，能够拍上两三张游客的照片就算不错了，到最后几乎就没得拍了。卖乌龟的女人倒是比以前更忙碌起来，经常在我们聚会的时候，有男人过来搭讪，问她乌龟卖不卖？她瞟一眼对方，点点头，然后就抱着乌龟跟着搭讪的男人走了。过一会儿回来的时候，看见她手上仍然抱着那只乌龟。照相师就会调侃她说，你那乌龟卖不卖啊？她知道他并没有恶意，便大方地凑到他跟前，做出要把乌龟放进他怀里的样子，并意味深长地说，白送，你敢不敢要嘛？照相师就会说，不要白不要。然后假装要拿她手上的乌龟。她自然要躲，边躲边说，你想得安逸，哪有白送的乌龟。照相师便顺手摸一下她的乳房，这个呢，白不白送？这样的玩笑他俩经常开，也不在意我的存在。但我一般不跟她开这样的玩笑，害怕她真的会白送给我一只乌龟。

22

　　从表面上看，住在动物园跟住在家里没什么特别的不一样（在家里我也可以睡在睡袋里）。但在我内心的感觉里，却是很不一样的，就像到了另一个世界，而且自己也好像变了个人。虽然这里的环境都是之前我已经很熟悉的，但住在这里和以游客的身份进到这里，其感觉是完全不一样的。这也导致我觉得我跟照相师和卖乌龟的女人之间的关系也跟以前不一样了，真正觉得，我跟他们是一起的，是一种人，而不再是旁观者和局外人了。

　　但动物园的管理人员并不这样认为。他们认为我不是动物园的人，不应该住在这里。所以，他们有权赶我走。我几次被他们赶走，每次又偷偷地溜了回来。这样三番五次，如捉迷藏一样与他们周旋。他们好像也有点厌倦了，就说，你写个申请吧。于是，我写了一个要求在动物园居住的申请。为了这个申请，我不仅复印了身份证、作家协会会员证以及一张成都市首届爱情诗大奖赛获奖证书（三等奖），还将我从来没有洗印过的底片洗印了十多张出来（囊括老虎、大象、长颈鹿、猴子、孔雀等十多种动物），作为附件，与申请书一起交了上去。我申请在动物园居住的理由是，我是一个作家，我正在写一部关于动物园的书，我需要住在这里体验生活。

申请书交上去了，却如石沉大海，迟迟听不到回音。我让照相师帮我去打听一下，我说，你跟这里的人熟，你帮我问问，申请何时才批得下来？照相师便跑去问了，回来告诉我说，不知道。我问谁说的不知道？他说，办公室的人。我又问，办公室的谁？他说，老张。老张是谁？我有点不耐烦了。照相师也有点不耐烦了，老张就是老张，动物园办公室的老张。他负得了责吗？我吼道。照相师很委屈，也很冒火。我锤子才知道他负得了责还是负不了责，要问你自己去问。

我还是不想自己去问。我从小就不习惯跟权力部门打交道。我想到了卖乌龟的女人。她的男人是这里的保安，她自己又在动物园卖了这么多年的乌龟，说不定某个管事的领导还买过她的乌龟呢，作为具备这些特殊条件的女人，她应该比照相师更能完成这个任务。我把我的请求告诉了卖乌龟的女人，我还说，我愿意付给她一只大乌龟的钱，作为辛苦费。她抱着乌龟听完我的请求，便毫无商量余地地拒绝了我，理由是，她讨厌这里所有的管理人员，不想跟他们说话，更不会去求他们。她的拒绝出乎我的意料。真是想不到，一个卖乌龟的女人都如此有骨气。你让我很佩服，我对她说。卖乌龟的女人听了我的话明显很感动。她说，实在对不起，你想不想要这只乌龟，我白送给你。我也很感动，我怎么能白要呢？我赶紧跑了。

23

照相师给我出了个主意，他说，你把你那些底片挑选一些印出来，搞个动物摄影展，这样你就会引起更上面的注意，上面的给下面的打个招呼，说不定申请就批下来了。我说这的确是个好主意，但这需要一大笔钱啊，我没有这笔钱。照相师说，想想办法吧，会有办法的。果然，有一天晚上，我已经钻进睡袋准备睡觉了，卖乌龟的女人找来对我说，她有办法。我问她，你有什么办法？她说，把乌龟卖了。我看着她怀里的那只乌龟，沮丧地说，就算你把这只乌龟卖十次，也不够办一次展览的钱啊。她很惊讶，要那么多钱啊？我说，的确要那么多钱。她一咬牙说，那我就卖一百次，一百五十次，二百次，二百五十次，够不够？我很感动。我说，应该够了。她很高兴，伸出手来抚摸我露在睡袋外面的头发（好浪漫好浪漫啊你的头发），并问我，她可不可以到睡袋里面来睡一下？我说，睡袋可能有点小。她说，是有点小，那就算了。

24

在卖乌龟的女人的热心资助下，在照相师的无私协助下（所有照片都是他在自己的暗房免费为我放大印制出来的，我只花了买相纸的钱），我的动物摄影展得以在动物园老虎馆顺利开展。老虎馆的老虎都跑光了，场地空着没用，管理方只象征性地收了我一点场租费。一个管理人员私下对我说，搞这样的展览对他们也是有利的，他们可以把这个展览写进年终总结报告，成为他们的一项政绩。所以，他们主动为这次展览做了一些宣传，还邀请了上面的领导来观看。这次展览很成功，这位管理人员事后对我说，来参观的领导对展览给予了好评，说这样的展览极大地丰富了市民的文化生活，也为将来留下了宝贵的历史资料。

但是我的申请呢？展览结束后，我和卖乌龟的女人聚在照相师的小屋里喝酒，庆祝展览的成功，感谢他们的支持。我说，展览是搞了，但是我的申请还是没有批复。这时卖乌龟的女人说，她有一个消息。我问是什么消息？她说，是从她老公那里听来的，她老公偶然听到动物园的一位管理人员说，他们不会批准我的申请。为什么呢？我问道，他们的领导不是已经肯定了我的展览，为什么还不批准呢？不知道，她做出无奈的表情回答说。你应该再写一份申请，照相师在旁边说道。有用吗？我问他。有用，他说，至少让他们知道，你是认真的，下了决心的。

于是，我又写了一份申请。除了重申过去的理由以外，我特别提到了这次展览。我说，通过这次展览，一是表明了我对动物园这一创作题材的诚意，二是表明了我有创作动物园这一作品的能力。如果我能获得在动物园的居留权，那么，对于我体验动物园的生活，进一步了解动物园鲜为人知的一面，必定大有帮助。这次，我还将我的一本诗集，即那本曾经送给过照相师的《虎年纪事》，作为申请的补充附件送了上去。就像照相师说的那样，我是认真的，下了决心的。

几天后的一个中午，我正在茶铺喝茶，跟两个小蔡聊天，一个瘦高个的中年男人走过来，自我介绍说，他是动物园管理委员会的工作人员，想跟我谈一谈。你叫我老张就可以了，他说。然后，他就坐在了我的对面。两个小蔡便站起来说，你们慢慢谈，并问张哥喝什么茶。姓张的说，跟平常一样。看来他也是这个茶铺的常客，与小蔡两口子也比较熟。谈什么呢？我看着他，等他先开口。他也看着我，似乎并不急于亮出他的话题。虽然我能猜出，他多半是要与我谈申请居住的事，但我还是谨慎地沉默着，我怕我先开了口,开得不好,就彻底被动了。小蔡把茶端了上来。他看了看他的茶,又看了看我的茶,然后说,一样的嘛,竹叶青,看来我们有共同的语言。他先开了口,照说我该应和一下。但不知为什么,我的嗓子突然变得十分干涩,一句话也说不出来。他喝了口茶,又拿出烟来,自己点上。他抽了一口烟,像是突然想起,急忙从烟盒里又拿了一支出来,以一种很有礼貌的姿势递给我。忘了你也是抽烟的,他说。我没推辞,接过了他的烟,并说了声谢谢。你知道我抽烟?我顺口问道。知道,他说,我知道你比你知道我要多得多,你信不信?他看着我,一副目光犀利的样子。我没说什么,对他犀利的目光也没回避。这样的反应让他觉得有点无趣,于是,他哈哈笑了两声。这笑声有自我解嘲的成分,也有居高临下,自我感觉良好的成分。其实我内心是慌的,只是表面上故作镇定。知道我要跟你谈什么吗?他突然问道。不知道,我说。他看着我,又是一副目光犀利的样子。你在撒谎,你知道。他又哈哈笑了两声。不过没关系,他继续说道,我们就随便聊一聊,你也不用紧张。是这样,你的申请我们可以批,但也可以不批,你明白吧?不明白,我说。这次我没撒谎,我是真不明白。他点了点头，你不明白也是对的，我这样给你说吧，现在提出申请的人很多，我们基本上都没批，但也有例外，个别的，作为特例，我们也批了。说这番话的时候，他脸上那种自我感觉良好的表情更加明显。而我的表情也没先前那么镇定，而是掩饰不住惊讶和困惑，怎么会有这么多人跟我一样，也想到动物园来居住呢？到底出了什么问题？这让我陷入了沉思。也许是我的走神让他有些不爽，他突然提高了嗓门对我说，动物园不是收容所，不是福利院，不是慈善机构，不是懒人的天堂。他这一连串生硬的排比句加判断句让我一下不知所措。我不知道他究竟想要跟我说什么。同时，我也很疲惫、很沮丧。我低声地问道，那我现在收回申请呢，可不可以？NO！他晃了晃手中的香烟，面带微笑地说，不用收回，也不可以收回，为什么要收回呢？我再问你一个问题，你为什么要提出这样的申请？我完全被他的这番话搞糊涂了。我问，不是你们让我申请的吗？他说，是呀，没错。我说，那怎么你又问我为什么要申请呢？这句话好像把他问住了，他不再用犀利的目光看我，而是埋着头喝茶，或者假装喝茶，半天没有言语。过了一会儿，他才抬起头来缓缓地说，关于申请的事就暂时谈到这里，我们换个话题，好吗？感觉他的语气柔和了许多，尤其那个"好吗"，带有商量的意味，让我开始对他有了一点好感。我说好的，换个话题。

后来的情形是，他东拉西扯地问了我很多问题，诸如：你为什么对动物和动物园这么感兴趣？你最喜欢什么动物？最讨厌什么动物？你对动物园的管理有什么改进的意见和建议？你认识那个写《成都，今夜请将我遗忘》的作家吗？你们作家写一本书可以赚多少钱？你靠什么生活？月收入多少？你怎么跟照相师认识的？你曾经在报社工作过吗？你对那些吃狗肉的人有何评价？你怎么看待一夜情、打虎拍蝇、单双号限行？你买了养老保险吗？你出过国吗？你跟你夫人的关系怎么样？有小孩吗？小孩多大了？男孩还是女孩？你想了解动物园哪些鲜为人知的事情？你接触过动物园的哪些管理人员？你跟其他在动物园非法居住的那些人有联系吗？那个卖乌龟的女人给了你多少钱办这个展览？她为什么要给你钱？你认识那天来看展览的那个老外吗？你跟那个老外说过话吗？都说了些什么？你们以前就认识吗？你听说过关于动物园要拆迁的那个传闻吗？你是在哪里听说的？你怎么看待这个问题？你是不是对动物的减少和去向存有疑问？你写这本动物园的书是你自己要写还是有人委托你写？你打算在国内出版还是境外出版？你上网吗？你有微信吗？我们加个微信好吗？是我扫你还是你扫我？好了，加起了，我们以后可以在微信上聊天了。最后，我跟你说句实在话，你其实不用申请，但申请了也不用收回，就这样，保持现状，你明白了吗？好，明白就好，今天我们聊得很愉快。哈，你也认识小蔡他们？你看，我们有共同的语言，还有共同的朋友，那么，从现在起，我们也是朋友了，以后有什么困难，尽管找我。

25

自从跟老张谈话之后，我才开始留意那些跟我一样在动物园过夜的人，按老张的话说，那些非法居住者。情况确实让我吃惊。空出来的老虎房间，大象房间，猴子、孔雀、长颈鹿房间就不用说了，一到晚上，都被那些跟我一样跑来过夜的人所占据。就是户外的树丛、花台，乃至假山背后，只要你够细心，也能发现跟我一样蜷缩在睡袋里过夜的人。由于天黑，我看不清他们的脸。这么多人，却都不说话，仿佛一种集体沉默的约定，难怪之前我没注意到他们的存在。我虽然好奇（没法不好奇，这么多人莫名其妙地跑到动物园来过夜），但我并不打算与他们其中的任何一个人搭讪和攀谈。一是我知道他们不会与我说话（沉默的约定），二是和老张的谈话还言犹在耳：你跟其他在动物园非法居住的那些人有联系吗？这不是单纯的问话，而是一种警告。

　　我感到恐惧。蜷缩在睡袋里，度过了一个无眠之夜。天一亮，我就将睡袋收拾进背包，跑去照相师的小屋，对他说，我想离开动物园。照相师好像并不感到意外。他说，我也这样想过。于是，他建议我们一起离开。但是，他又说，离开动物园后我们去哪里呢？我说，当然是回家。照相师说，但是我没有家啊，我的家就在这里。他转过身看了看背后的那间小屋。我说，你没有老家吗？就是你最初从那里出来的那个家。他说，有过，但很早就没有了。我没再问，我明白他说的没有了是什么意思。我说，那就再等等看，想一想还有什么别的去处。他说，不用想了，其实你也走不出去。我心里一惊，这话是什么意思？他向我使了个眼色，示意我跟他一起进他的小屋。我们进了小屋，关上门，他才告诉我，他已经试过了。就在前两天，他收拾起行李准备离开，但刚走到大门口就被保安挡住了，说上面有规定，任何人不准离开。后来他又到两个侧门去试过，还是一样，不准他出去。我问为什么呢？他说，没有具体的理由，只说是上面的规定。而且，外面的人也不准进来。这不是莫名其妙吗？我突然大声地吼道。他赶紧把手指压在嘴唇上，示意我，小声点，我们可能都被监视了。

离开照相师的小屋，我感到更加恐惧。我觉得无论如何都要逃出去，不能这样坐以待毙。我想到了茶铺里的小蔡，他们跟这里的管理人员很熟，尤其是那个自称老张的人，看上去关系非同一般，我想从他们那里打听一下内部消息，究竟是什么原因不让人出去，以便确定自己该如何逃离。

26

茶铺的情形一如往常，没发现有什么异样。小蔡夫妇依然形影不离地穿梭在各个茶桌之间，掺茶倒水，偶尔跟客人闲聊几句，神态轻松自如，至少从他们身上看不出这已经是一个非常时期。客人们也很安静，大都埋着头看自己手上的手机，偶尔抬起头来张望一下，眼神也是迷茫的，不知道在张望什么。但也是悠闲的，看不出有什么焦虑。我刚坐下来，就被两个小蔡看见了，马上走过来跟我打招呼。女小蔡说，好几天没看见你了，今天嫂子没和你一起来呀？我说，那不是嫂子，我们根本不认识。两个小蔡互相看了一眼，都显出很惊讶的样子。别骗我啊，你们看上去那么亲密，不像不认识的样子，女小蔡说。男小蔡马上拉了她一下，意思是不让她乱说话。没关系，我说，也可能我们之间原来是认识的，但我不记得了。小蔡们又互相看了一眼，然后说马上去给我泡茶，说着就互相拉扯着准备离开。我说，等一下，我想问你们一个问题，好吗？你请问，他们看着我，想知道我要问什么问题。我清了清嗓子，却突然发现不知道该怎么问了。要是直接问他们，动物园为什么不让人离开，是不是太过突兀？毕竟，他们也只是开茶铺的，并不是动物园的管理人员。于是，我又清了清嗓子，委婉地问道，你们最近还好吧？这问题委婉得让他们摸不着头脑。还好啊，他们笑了笑说。你们最近离开过动物园吗？我又问道。两个小蔡又互相看了一眼，我们每天都要回家，每天都离开啊。那么，没有人挡住你们不让你们离开吗？我继续问道。没有，他们很肯定地回答说。哦，那就好，我说。没等他们问我为什么要问这些（奇怪的问题），我就站起身来，说了声"谢谢"又说了声"再见"，就迅速地离开了茶铺。

显然，照相师说的不让人离开动物园，并不是针对所有人的。但要真是这样，问题就更严重了。我跑到大门口悄悄观察，看是不是一些人能离开，一些人不能离开。整整一个下午，我看见的情形是，那些走出动物园的人都顺利地走出去了，没有一个人被挡住。这更印证了我之前的猜测，这项禁止离开的规定只是针对我和照相师两个人的。我还发现，那些能顺利离开的人，手里都拿了一张纸片，那难道就是出大门的路条？如果我能搞到那样一张路条，是不是也能像其他人一样顺利地出去呢？这值得一试。

我找到卖乌龟的女人，问她能不能从她男人（那个胖保安）那里搞到一张路条？卖乌龟的女人问，什么路条？我说，出大门的路条。她说，出大门还要路条？我说是的。她问，你听谁说的？我说不是听谁说的，是我自己亲眼看见的。她问什么时候看见的？我说就是今天，下午。是吗？不可能哦，我昨天出去都没要路条。她有些不相信我的话。我说，那就是今天才开始的。她想了想说，好，你等着，我去问一下。

27

卖乌龟的女人抱着她的乌龟走了，我站在一棵芙蓉树下等着。正是芙蓉花开的时候，开得十分漂亮。我抽了一支烟，准备抽第二支，就看见了那个女人。虽说只是一个背影,但我确定就是她。没错,连衬衫都是。她没带小女孩,是单身一人。我突然觉得,我跟这个女人有一种亲密的联系,我有话跟她说,我再不能眼睁睁地看着她从我的视线中消失。我将刚从烟盒里抽出的香烟又放回烟盒,尾随在女人的后面。我想,一会儿我追上她一定要对她说,请你原谅,我不是有意的,但我真的没想起来,我长期失眠,记忆力下降得很厉害。不,也不是记忆力的问题,我记得,一直都记得,但我眼神不好,所以没想起来,请原谅。

女人的步伐是那种母鸡一样的小碎步,走得很快。她为什么要走这么快呢?转眼之间就消失在一片被人工修剪过的灌木丛后面。是那种开着小花的灌木。我不得不也启动起碎步(公鸡一样的)紧跟而上。在通往熊猫馆的那条林荫道上,我又看见了她迈着小碎步的背影。她的背影是很美的,尤其迈着小碎步的时候,臀部更往后翘,晃动的频率和弧度也比平常更厉害。我回想起她在雨中的脸,虽说不漂亮,但比起我第一次见到的时候要好看多了,这或许是做了母亲之后的一种变化,即"母爱的晕染"(这个句子是我从一首翻译诗中看来的)。她走过熊猫馆,往右拐，进了一条更狭窄的林荫道。难道是要去那间堆杂物的木板房？这种预感让我不由得放慢了脚步。我还要不要跟过去？我一边这样想着，一边向木板房靠近。我知道此时情况已经发生了变化，我不是要追上她，因为我已猜出她去那里是要干什么了，如果我继续往前走，就是跟踪，再继续下去，就是偷窥。我可以（而且应该）转身离开的，但我没有。

十多年过去了，这间木板房依然如故。要不是亲眼所见，我都以为它早就不存在了。女人走到了木板房前，停下来朝左右看了一下（我赶紧躲在她的视线之外），然后弯下腰，钻了进去。这个入口依然是当年的那个破洞。我不禁感叹，这也算是故地重游？我隐蔽在一棵银杏树下，抽了一支烟。银杏树离木板房只有不到一米的距离，而且紧靠着一扇窗户，我只要稍微侧过身去，就能看见里面的情形。不是全部，但差不多想看的都能看见了。女人出现在窗户的三分之一的位置，脸的左侧被垂下来的头发遮住，但右侧的胸部却十分突出和醒目。胸部之下靠近腹部的地方，被一只手环抱着，那是一只有点粗糙的手，男人的手。男人紧贴在她的背后,但看不见他的脸。那只手先在女人的腹部上下滑动,然后突然往上,伸进衬衫里面,再一路向乳房方向滑动。女人的身体开始往前倾斜,露出了后面男人的头顶,头发稀疏,且有些零乱。看得出来,男人极力将自己的身体往女人身上靠,女人不得不用手支撑着(支点就是前面的窗台),承受着男人的挤压。男人的头顶在女人的背后一上一下地起伏着,只要起伏的幅度稍微厉害一点,便会露出他的额头。再厉害一点,就有可能将整张脸也露出来。有一次差点就把脸露出来了,但女人突然抬起头来,将整个身体向后仰,一下挡住了男人的脸。她仰起身来是要腾出自己的手,好用来解开牛仔裤的扣子和拉链。牛仔裤的拉链似乎被卡住了,她有些慌乱。男人这时也把他的手从女人的衬衫里抽了出来,抓住她的牛仔裤,帮着她往下拽。男人的动作很急切,很粗暴。我觉得我不能再看下去了,我应该离开。但就在这时,没等我来得及离开,女人已经看见了窗户外面的我。她表情平淡,没有一点惊慌,更没有躲避,就好像她根本没看见我一样。这倒让我有点惊讶和疑惑。牛仔裤已经被彻底解开了。男人开始用力。她的身体也开始前后摇晃。但她仍然镇定自若地将目光盯着窗外。她是真的没有看见我吗？

我像一只受伤的动物，转过身，黯然离开了那间木板房。

28

我又回到那棵芙蓉树下，卖乌龟的女人已经等在那里了。她抱怨我怎么没在这里等她，害她还跑去到处找我。我撒谎说，我去上了下厕所。上厕所要这么久吗，做坏事去了吧？她继续抱怨。想一想，她说得也对，我确实做了不该做的事。我很认真地向她道歉，并问她帮我搞到路条没有？她说，根本就没有你说的什么路条。她还说，她被她男人臭骂了一顿，说她是神经病。这其实是在骂我，我才是神经病。我说，我们可以去照相师那里，问问他我说的是不是真的。什么真的假的，要问你自己去问。她嘴上虽然这么说，但还是抱着她的乌龟跟着我去了照相师的小屋。

我们走到照相师小屋的时候，看见小屋的门前围了许多人，还有几个穿警察制服的人站在门口。我们想往里面走，但被挡住了。那时我们还不知道里面究竟出了什么事，但肯定是出了什么事，而且是不小的事，不然不会有警察站在这里。于是我们退了回来，没有继续往里面闯（想闯也闯不进去），改为问旁边的人，究竟出了什么事？一个中年妇女说，那个照相的自杀了。啊？这怎么可能呢？我完全不相信。我早上还见过他，跟他说过话，好好的怎么会自杀呢？中年妇女转过头去，不再搭理我。我再次走到门口，要求让我进去看看。我是他的朋友，我对一个警察说。警察问我是谁，我说了我是谁，另一个警察便说，正好，有一封遗书是给你的。我正要伸手去拿，警察说，先看看你的身份证。我便拿了身份证让他看。他看了一眼身份证，又抬起头来看我，这样反复几次，才将那封遗书连同我的身份证一起递给了我。那封所谓的遗书是一张A4复印纸，上面写了几行字，抬头是我的名字，冒号，接下来就是："我是自杀的，我的死跟任何人无关。我把我的照片全部留给你，请你代为保管。也请转告杨红艳，我爱她。"落款是"你的朋友李克勤绝笔"。字迹工整，是用蓝色记号笔写的。我问谁是杨红艳？跟在我后面的卖乌龟的女人说，我就是。这是我第一次知道她叫什么名字。我问我能进去拿照片吗？警察说，可以。杨红艳跟在我的后面也想进去，但被挡住了。杨红艳跟警察争辩说，我也是他的朋友，这上面也写了我的名字。但警察还是不让她进去。这里没你的事，走远点。警察的态度十分生硬，完全不认为对待女士应该更优雅和温柔一点。

照相师李克勤仰面躺在自己的床上。但我没有看见他的脸，他的脸被一块毛巾盖住了。我想问他是怎么自杀的？也没敢问。屋里有两个警察，连同陪我进来的警察，一共三个警察，个个表情严肃，其严肃的程度让人畏惧。你知道他说的那些照片放在哪里吗？陪我进来的警察问道。我说，他既然要我保管就一定是事先收拾好了的，应该就放在他的暗房里。警察便跟着我一起进了暗房，而暗房的洗手台上果然就十分醒目地放着一只纸箱，毫无疑问，那些要我代为保管的照片就装在那只纸箱里面。我抱起纸箱，问，我可以走了吗？不可以，警察说。语气平淡，但却让我吃惊不小。我胆怯地放下纸箱，站在原地，等待着他们的发落。别紧张，警察说，只是要你做个笔录。做完笔录,他们让我在上面签字,还拿出一只印泥盒子来,让我按了手印。最后,警察说,你可以走了,但记住,出去别张起嘴巴乱说。

29

这天晚上,我睡在睡袋里,辗转反侧,脑子里浮现的都是照相师生前的模样,以及他死后躺在床上的那个样子。还有就是那个警察,做笔录时问我的那些话,也始终在耳朵里回旋。头很重。可能是头已经重到不行了,身子反而变得轻了起来,轻到失重的程度,感觉在往上飘。尤其两只脚飘得更快一些,这就让我产生了一种倒立起来的感觉。出去别张起嘴巴乱说。现在,全身的血液都集中到了头部,我连嘴都张不开了。我感到窒息。我想我应该解开睡袋,从睡袋里钻出来透口气,活动一下四肢。但我怎么也解不开睡袋。我摸了摸我的手,特别软,就像充气娃娃被泄了气的手一样,软绵绵的,特别无力。头开始嗡嗡地响,有时候像青蛙的叫声,有时候像机器声,有时候又像鸟在叫,那种很吵闹的鸟叫声。太痛苦了,我反复地在内心念叨着,太痛苦了,太痛苦了,想以此压住那些嗡嗡的响声。要是有两颗安眠药就好了,我这样想到。三颗更好,我又给自己加了一颗。有一次我就是因为想要更快地入睡,在吃了两颗之后,又给自己加了半颗,结果在睡与非睡的临界点上,特别的难受,就像现在这样,头昏脑涨,人困到不行,但就是悬浮在半睡半醒的状态,始终落不下去,比死还痛苦。照相师是不是也是这样,才想到去自杀的?他用什么自杀的呢?看见他躺在床上被一张毛巾盖住脸的时候,我想问而没敢问的这个问题,现在又浮现出来。是用的安眠药吗?但是,为什么就那么肯定是自杀的呢?就一点没有怀疑是他杀吗?入室抢劫,谋财害命,杀人灭口。动物园现在这么多可疑的人,难道就没有这样的可能性吗?遗书能说明什么问题?不可以伪造吗?但是,如果遗书是伪造的,那么最大的嫌疑人不是别人,恰恰就是我。像许多电影里的类似情节一样,太明显了,用伪造的遗书为自己开脱。那么动机呢?我为什么要杀他?这也很简单,伪造的遗书(假如是伪造的)上面不是写得很清楚吗,那些照片,我就是为了得到那些照片。但是,那些照片真有那么大的价值，值得我去杀人吗？这也难说啊，像照片这样的东西，不值钱时就像废纸，但一旦值钱起来，就价值连城啊，艺术嘛，就是这样的。何况之前我的确还夸奖过他拍的那些游客留影的宝丽来照片，说它们就是艺术。那么，作为嫌疑人，我有不在场的证人和证据吗？这就要看他是什么时候死的了。上午我见过他，显然不会是上午。中午呢？假如是中午，我有小蔡他们做证，因为那时候我就在他们的茶铺里。然后我离开了茶铺，去找卖乌龟的女人，也就是杨红艳，这是下午。如果就是下午的话，杨艳红可以为我做证。但是，我马上想到，杨红艳会说，中间有段时间，她跟我不在一起，她去帮我搞路条了。那么，这个时候我在哪里？有谁可以证明？我能说我跟踪那个女人去了吗？这太让人羞愧了。即使我为了洗脱嫌疑，不怕丢脸，说我那段时间在跟踪那个女人，而且跟到了木板房，但谁又替我证明呢？那个女人吗？她可能看见了我，但也可能真的没看见。不管看见没看见，她都不会为我做证，原因很简单，她不想让人知道自己在木板房里干什么事情。所以她会说，她从未见过我，也根本不认识我。当然，案情要是再深入下去，她的这番说辞很快也会变成被识破的谎言，因为小蔡夫妇会站出来做证，曾在茶铺里见过她跟我在一起，关系还很亲密。这样一来，似乎又有了转机。但是，我为什么老要去想象自己就是那个嫌疑人呢？以及，有什么理由怀疑照相师就不可能自杀？游客减少了，导致他生意清淡，生活艰难，以及被限制在动物园里，想离开而离开不了，这样的境况难道不令人绝望吗？就像我现在一样。

30

动物园人声鼎沸，还有高音喇叭响个不停。我不知道我是被这些声音吵醒的，还是本来就没真正睡着。反倒是现在，我能确定自己的状态，就是所谓的迷迷糊糊。在这种迷迷糊糊的状态中，我听出喇叭里播放的是德沃夏克的《自新大陆》，很熟悉的旋律。已经演奏到第四乐章，快板，奏鸣曲式，乐章的主部主题由圆号和小号共同奏出，激越而壮丽。副部主题则是柔美的，抒情性的，由单簧管奏出。这部交响乐我在三十多年前第一次听到，至今已听过不下五十次。我是一个容易消沉和悲观的人，但听到这个音乐便会有所振作。不过，我不会因为想要振作就去听这个音乐，那样的话我听它的次数应该远远不止现在这个数。我觉得它对我很重要，所以不会轻易去触碰，哪怕我身边一直保存得有这张唱片。这是我保存得最久的一张唱片，而且从不与人分享，像是刻意隐藏的某种秘密。当听到动物园也在播放这个音乐，我一方面感到有些振奋，另一方面又觉得怪异，动物园为什么要播放这个音乐？

我从睡袋里探出头来，第一眼看见的，便是一只巨大的鸭子，大到遮住了半个天空。我吓了一跳，以为还在做梦。仔细看，是一只卡通模样的充气鸭子，黄色的，半透明的，在阳光的照射下十分刺目。德沃夏克的《自新大陆》已经结束，喇叭突然安静下来，只剩下鼎沸的人声，即言辞不清的起哄声，意义不明的笑声，以及含混的交谈声。一些人围在我的身边，有的还蹲下来，离我很近地看着我。那些起哄声、笑声和交谈声就是他们发出来的。在光天化日之下睡在睡袋里，被人围观，这让我有些难堪。你是乞丐吗？一个小男孩手里拿着一只跟充气鸭子颜色一样的充气棒子使劲地戳着我的睡袋。现在的小孩总是这么没有教养。我赶紧从睡袋里出来，将睡袋收拾进背包，迅速地从这些围观者中逃离出去。

今天的太阳特别大，已经升到头顶了。动物园像是在搞什么活动，人特别的多，来来往往的，手里都拿了大包小包的东西，小孩的手上无一例外地都拽着一只气球，气球悬浮在空中，形状都是那个黄色的卡通鸭子。我猜测是在搞商品交易会或者庙会之类的活动。我感到口渴，很想买一瓶矿泉水喝。但我又觉得，当务之急是去找老张，从他手里要回申请，为离开动物园扫除障碍。我找到办公室，老张不在，一个穿制服的女人说，他在大门口执勤。我便去了大门口，老张果然在那里。我走过去跟他打了个招呼，并告诉他，我要撤回我的申请。老张正在啃一只兔头，说话很含混。我说，老张，你能不能把我的那份申请书退还给我？老张一边咀嚼一边说，不想不想。我说，我想啊。老张瞪着我，缓慢地吞咽下嘴里的食物，然后说，不行，我说的是不行。我问为什么不行？老张说，因为你已经申请了。我说，但是我现在想离开，想撤回申请。老张扔掉手里那只被他啃得光溜溜的兔头,离开就离开,不需要撤回申请。我说,但是你们不让我离开啊。老张大笑起来,谁不让你离开了,你现在就可以走。他还朝大门口指了一下,重复说,你现在就可以走。我看过去,那里站着一排跟他一样穿着动物园制服,并留着统一平头的人。我有些怀疑,我问老张,他们不会挡住我吧?老张收回了笑容,很不屑地说,谁要挡你,你算老几?我还是有点怀疑,怎么突然就变了呢?我问老张,我真的可以出去吗?老张有些生气了,用很恶毒的语气朝我吼了一声:滚!

排练场

1

最近无所事事地躺在床上（一次意外事故让我必须卧床三个月），常常会想起曾经的、也是遥远的剧团生涯。这种回想并不像一部小说或电影那样，有一个完整的故事结构、突出的场景和人物。而是散乱的，随意的，碎片化的，时而模糊，时而又（在局部地方）异常清晰。很多次都想集中在某个点上，但不知是时间过于遥远，还是体质虚弱的原因，都让我无法集中。剧团十年，我度过了

15岁到25岁这个年龄段，人生的许多"第一次"都发生在这里。但我从未将其作为素材写成过一篇小说。也许是我从一开始写小说就习惯了虚构（比如我以第一人称写《潘金莲回忆录》，写存在于想象中的"女巫系列"），绝少采用真实的经历和事件作为素材。这与其说是不敢面对真实，不如说是不擅长处理真实吧。虽然说"小说"的属性就是虚构，但我也并不看低依据真人真事写成的小说。我甚至认为，能够将真实的事情写成小说（即利用非虚构素材构建虚构文本）是一种了不起的才能（把真的写成假的——韩东语）。直到最近，也就是今年（2017年）的五月份，我受韩东之约，为《青春》杂志的"剧构"栏目写一篇要求是可以用于电影拍摄的但又不是电影剧本的东西，我写了一篇《我在县城长大》，动用了我童年和少年的大部分记忆，让我对处理真实素材有了一些信心。所以，当我在病榻上散乱地、随意地、碎片化地回想剧团往事的时候，意外收到"大益文学书系"的编辑马可发来的私信，问我有没有稿子？我说没有啊（还附带发了一个汗颜的表情符号）。马可说，没有就赶快写啊。我问能宽限多少时间？她说一个月。我想了想，我已经在床上躺了一个多月了,还将在床上躺一个多月,躺着也是躺着,写吧。也是在这个时候,作家、诗人、老朋友桑格格发来私信问,今天躺着在干什么?我说正在想着写一部小说,但还不知道写什么。她就说(跟韩东一样,她也是擅长将真人真事写成小说的高手,她的《小时候》我十分喜欢),你就回忆过去吧,从过去的一个人或一件事开始,逐渐地(雾蒙蒙地)编织(结构)出一个故事……

2

嗯,我采纳了她的建议(谢谢格格,你真的给了我一个很好的写作提示),立马打开手机上的有道云笔记(平躺在床上我无法使用笔记本电脑),先在标题的位置写下"排练场"三个字。我的想法是,将我对剧团生涯的回想集中于一个固定的场景:排练场。除了舞台,排练场可以说是我这十年职业生涯最熟悉的一个场景,只要闭上眼睛,很多人和事都会在这个场景中浮现出来。首先出现的人物就是何明亮。为什么是他呢?在剧团的同事中,他并不是我关系最好、交往最密切的朋友,我们只是同在一个乐队,他吹圆号,有时又吹小号,在不吹圆号或小号的时候,还拉倍大提琴(double bass,又称低音提琴)。而我先是拉二胡,后来半路出家又拉过一阵子大提琴。我常常跟人说,我的大提琴是吹圆号的教的,大家以为我是在开玩笑,但其实是真的,就是何明亮教的。虽然他会很多种乐器,但圆号才是他的专业。这或许就是我一写下"排练场"三个字,首先就会想到何明亮这个人物的原因吧。

3

在进入排练场之前,我想先对何明亮这个人物进行一个描述。他比我大几岁,到底大几岁我不确定,那时候我十六七岁,他也就二十出头吧,是当过知青的那代人。他是在我们歌舞团成立一年之后才来的,之前他在京剧团(他应该是"文革"时期以"知青"的身份被招进京剧团的)。那时候京剧团要演现代京剧(即"革命样板戏"),原来的京胡、笛子、锣鼓等几大件不够用了,需要组建包括圆号在内的管弦乐队。后来,"文革"结束了,京剧团开始重新排演一些旧戏(传统的帝王戏才子佳人戏),唱腔和伴奏又回归传统,用不上管弦乐队了,于是,歌舞团就把他们大部分的人要了过来。与他一起过来的还有一支小号,一支双簧管,一支单簧管(又称黑管),一把小提琴和一把中提琴。之后,又从同样情况的川剧团过来了一支长号(拉管)。何明亮来的时候不太爱说话,细细的一双眼睛透出既傲慢又躲闪的目光,不可捉摸,又有点不好接近的样子。但人们很快就从他的长相联想到了当时很火的一个滑稽演员,即扮演过阿Q的严顺开。这样一来,他那种不苟言笑的深沉模样再也不起作用了,人们开始很随便地和他开玩笑,尤其那些女演员,开起玩笑来根本就不担心他会生气,玩笑开到让旁人都捏把汗,担心他会翻脸。但他却不仅不生气,不翻脸,相反还有点喜滋滋的。其中有两个女孩,一个是舞蹈队的杨影,一个是弹琵琶的江兰,她们因为玩笑开得最过分,还成了何明亮寝室的常客。何明亮喜欢烹饪,常常在宿舍里自己做菜吃,尤其擅长做红烧肉。每次做了红烧肉,就会邀请同事来吃,其中被邀请得最多的就是杨影和江兰,明眼人都知道，他打的什么主意。两个女孩也不是不知道何明亮请她们吃红烧肉的用意，但她们还是照吃不误，并且假装不知道他的用意。红烧肉是要吃的，朋友是不得罪的。其中一个女孩是这样给人解释的。当然，他也不只是请女同事，一般也会请一个男同事来充当陪客，避人耳目。我也被他邀请过，不过不完全是充当陪客，而是他说他想跟我聊一聊文学。那时候我已经开始写诗，而他自己说他在写小说，他认为我们应该交流一下。于是，吃完饭后，他把他写的小说给我看（一起吃饭的女孩自然也看了），我才看第一页就惊呆了，准确地说，是面红耳赤，口干舌燥，就像几年之后第一次看黄色录像那种反应。没错，他写的就是黄色小说，里面充斥了大量"哼、啊、哇、呀"的字眼，以及一些描述动作的句子，说不上有什么故事和情节。看了他小说的女孩什么都没说，拿起自己的碗筷就跑了。而我认为写这样的东西是没有意义的，因为根本不可能发表。那时候我觉得写作的目的就是发表，还不知道写作也是可以自娱自乐的。于是，我很诚恳地给了他一些意见，并向他推荐了《月亮与六便士》《刀锋》《人性的枷锁》等小说。我说，你看看人家的，也有性描写，但写出来不是你这样的。他果然从我那里把这几本书借去看了。但看过之后，就再也没提写小说的事。他有了另一个爱好，研究医学，买了许多医书摆在案头，我进他房间看过，都是些大部头，且都跟妇产科有关，里面有许多彩色图片的插页。

4

现在该进入排练场了。剧团其实没有专门供乐队排练的排练场。舞蹈队是有专门的练功房的，演员队也有，就是那个带舞台的小剧场。乐队好像要低人一等，一般是当舞蹈队不练功、不排练的时候，就去舞蹈队的练功房排练；演员队不排练、不表演的时候，就去演员队的小剧场排练。如果这两个场地都不空，乐队的人只好抱着乐器去饭厅，把饭厅当排练场。每次排练的时候，第一个进入排练场的几乎总是何明亮。他好像很喜欢排练和排练场，不仅总是提前到，到了之后，还要做一些清理场地的工作，顺一顺大家的椅子，看见有倒地的谱架就扶起来，地上的垃圾捡一捡，做完这些杂活，才开始坐到自己的位子上，把乐谱放到谱架上，再从琴盒里取出圆号，一边用绒布擦拭、清理，一边默读谱架上的乐谱。那天排练就是在饭厅。我是第二个进入排练场的。我带的乐器是大提琴而不是二胡。一周之前，我就改拉大提琴了。剧团要排练台湾的音乐剧《搭错车》（又叫《酒干倘卖无》），准备10月份参加在省城举办的"蓉城之秋"戏剧节。但本来拉大提琴的徐星怀孕了，临近预产期，不能继续参加排练，更别说之后去省城演出了。怎么办？乐队就这么一把大提琴。团长找到我，让我接手。我很意外，对团长说，我不会啊，从来没摸过这东西。团长说，没摸过就马上摸嘛，弦乐不都是相通的吗？团长的意思是，大提琴和二胡都属于弦乐，我既然能够拉二胡，那么拉大提琴也就不在话下，至少是一学就会。团长是演话剧出身的，不太懂音乐，更不懂乐器。我告诉他，虽然都是弦乐，但二胡与大提琴的差异不止十万八千里。首先，二胡是两根弦，大提琴却是四根弦。其次，二胡与大提琴的持琴姿势也完全不同，左手的按弦和右手的运弓也是不一样的。再说，我拉二胡从来是看简谱，因此也没学过五线谱，而大提琴是要看五线谱的，而且还是低音谱表，这个也是大问题。团长听了我的话，似乎也觉得二胡转大提琴确实不是他之前想的那么简单。哪晓得，站在旁边的何明亮眨动着那双细小的眼睛，自告奋勇地说，他可以教我，保证一周教会。我还想推辞，团长却说了，应该向何明亮学习，人家不光吹圆号，还吹小号，还拉倍大提琴，最近还在学习医学，准备把团里的医务室建起来，多面手，好同志。你年龄还这么小，多学一门手艺有什么不好呢？好嘛，我对团长说，这个大提琴，我接了。

5

我紧随何明亮提前来到排练场，就是为了笨鸟先飞。拿到大提琴才一周的时间就下排练场，你可以说这是不合常规的，也可以说这是一个奇迹。何明亮的大提琴也拉得不怎么样，但他很会指导。我在练习的过程中，也逐渐体会到，团长说的那句看似外行的话，其实也有一定的道理，弦乐是相通的。我9岁学二胡，15岁考进剧团，我在学习乐器上还是有些悟性的。要知道，当时有三十多把二胡报考，最后只收了三把，我就是其中的一把。何明亮告诉我，学五线谱跟学大提琴可以同步进行，你不需要单独去学五线谱，只须拿着琴知道那些音符在琴上对应的是什么位置就可以了。这招果然有效。几天下来，我虽然单独拿着乐谱哼不出上面的那些音符和旋律，但一拿起琴，看着乐谱就知道手指该往哪里放，该按在哪根弦上的哪个位置，再配合上右手，音符和旋律自然就出来了。还有一个诀窍，何明亮说，在对乐器还不熟练的时候，不用把所有的乐句都拉出来，难一点的段落你就改用拨弦，只拨出每个小节的第一个音，也就是那个重音，就可以了。这样的话，就可以腾出时间，重点练习三个地方，一个是第一幕第二场大提琴的独奏，一个是第二幕开场大提琴与小提琴的二重奏，以及紧接着的大提琴的独奏。这几个地方都是要单独亮出来的，用拨中重音的伎俩是混不过去的，所以，无论在排练场，还是排练结束后回到宿舍，我重点就练习这三个地方。

6

在我之后，四把小提琴，一把中提琴和倍大提琴，以及单簧管、双簧管、拉管、大管（巴松管）、长笛、定音鼓、三角铁等也相继进入排练场。这次拉倍大提琴的是老木，他跟我一样，也是从民乐转过来的，他原先在民乐队是打扬琴的。还有吹长笛、大管，以及敲三角铁的，都是从民乐转过来的。吹长笛的许宝云，在民乐队吹竹笛；吹大管的牛红，在民乐队弹琵琶；敲三角铁的江兰，在民乐队也是弹琵琶。先到的四把小提琴，是马小齐（他是首席）、崔雅梅、胡立伟和潘志远。另外还有一把小提琴，叫吴天宁。他总是姗姗来迟，即使没有迟到，也总是最后到排练场的两个人之一。另一个是左天全，他在民乐队拉板胡和高胡，排练《搭错车》时，他转过来打沙球。他跟何明亮住一间寝室，也是个怪人。他喜欢半夜三更起来在过道上的洗衣台轻手轻脚地洗衣服，常常把从睡梦中醒来出门上厕所的我们吓一跳。他订了很多份杂志，但据我所观察，他订这些杂志并不是自己要读这些杂志，虽然他也会读一点，但主要是为别人而订的。这样说吧，他很乐意单位的同事来找他借杂志看，尤其是女同事，这有点像何明亮的红烧肉了。他知道我也订了好几种文学杂志，而且自己还在写作，便经常表现出很想跟我交谈的样子。但他没有何明亮那么直接和爽快。他很腼腆。或者说，他有点让人不知所措。他有时在我寝室门口转悠（顺便说一句，我的寝室跟他和何明亮的寝室是门对门，中间只隔着一个过道），我假装没看见，埋头看书，或写自己的东西。但有时也会觉得这样假装下去有点难为情，就主动问他，天全，你是不是有什么事？我准备好了请他进来坐一下。但他却很慌乱很抱歉地摆手说，没事没事，我就是自己这样转一下，你忙你的，不用管我。他这样说，我不管他了。我在剧团十年，他经常有这样的举动和神色，好像想跟我说什么，但又总是在我准备听他说什么的时候马上退缩，并为自己的退缩而做出更加让人难懂的掩饰。直到我离开剧团的那天，办完离职手续，准备将二胡和谱架收拾起来拿去退还给单位的时候，他终于（也是在我寝室门口经过一番转悠、徘徊之后）鼓足勇气走了进来。他先是对我的离职寒暄了几句（很遗憾什么的），然后便直截了当地说，有一件事情，他要向我道歉。他说，憋了十年了，你现在要走了，我必须说出来，不然对不起你。听他这样说，我当然十分的诧异，摸不着头脑。我跟他其实走得并不近，也从未在生活上和工作中与他发生过任何冲撞和纠葛，何事要向我道歉？等他终于鼓足勇气讲清楚事情的原委，我才知道，在我们刚进团的时候，也就是十年前，剧团为乐队购回一批新的乐器，其中就有三把二胡，让我们三个拉二胡的各人选一把。我在三把二胡中挑选出一把试了一下有点拿不定主意。左天全当时正好在我旁边，他比我年长，也算是前辈了，在乐器上肯定比我有经验，我就问他，你看这把二胡怎么样？他拿过二胡架在腿上试了试，又依次拿起另外两把二胡来试了试，然后告诉我说，我选的这把二胡没有他现在拿在手上的那把好。于是，我就要了他替我选的那把二胡，而我自己选的那一把就被郭芙蓉拿去了。郭芙蓉跟他是一个县城的，据说在进团之前还跟他学习过，拜过师。所以，事隔十年，左天全跑来要告诉我的是，当时我自己选的那把二胡是三把二胡中最好的一把，而他之所以说不好，就是想把最好的那把二胡留给自己的学生郭芙蓉。所以,现在,眼看我就要离开剧团了,他要来向我道歉,不然就没机会了。

7

吴天宁是那天最后一个进排练场的。这时候所有人都到齐了,指挥也早已坐在了指挥台上,一边翻看总谱,一边不时地撩起袖子来察看手腕上的手表。当吴天宁坐到自己的位置上,打开琴盒,拿出小提琴,刚把琴放到左肩脖子下的位置,还没来得及校音,指挥就站了起来,将指挥棒在总谱谱架上敲了两下,说,我们开始吧。吴天宁很匆忙地用握着琴弓的右手去翻乐谱,翻到现在要排练的那一幕那一场的页码,有点手忙脚乱地跟进来,好在他拉的是小提琴的第二声部,中间有许多停顿和留白,这给了他一点喘息的机会。但他还是明显地流露出对指挥的不满,觉得他如此急迫地喊开始,没给自己面子,甚至是故意在刁难自己。而指挥的脸色也不是很好看,那种对吴天宁姗姗来迟的厌恶感我们大家都感觉到了。而吴天宁虽然节拍上跟进来了，但由于迟到而错过了之前集体校音的环节，他那把琴的音准始终和大家差了那么一点，就这一点，乐队的每一只耳朵都听出来了，不时地用眼睛去看指挥，所有的眼神都在表达着同一个意思，有一把小提琴的音准有问题。指挥好像没有察觉到（或假装察觉不到）大家的眼神，并没中止排练，直到我们的那种眼神（有人音不准啊，指挥）越来越明显和强烈，他才将手中的指挥棒往下压了一压，示意大家停下来，然后面无表情地看着吴天宁，等着他在大家的注视中尴尬地完成他之前没有完成的准备工作：为自己的小提琴校音。

8

吴天宁还有一个哥哥，叫吴天宇，是拉板胡的，与吴天宁一起考入的歌舞团，也是我进团后结交的第一个朋友。两兄弟从长相到性情都完全不一样。吴天宇仪表堂堂，性格温和、沉稳，进团前已经在老家县城的一个集体所有制的诊所当医生，已婚，有个两岁大的儿子。他之所以要来歌舞团，是因为歌舞团是全民所有制，进团就可以获得干部的编制和身份，通俗地说，就是将过去的泥饭碗变成了现在的铁饭碗。我进团时还不满16岁，但喜欢看书，少年老成，自以为有点与众不同。吴天宇似乎也看出了我的与众不同，每当晚饭之后，总要叫上我和他一道去江边散步（剧团的所在地是在长江边上）。我们无所不谈，尤其喜欢谈政治，当然主要是他谈，我听。我曾问他，依你之见，中国现在当何去何从？那是1979年，被后世称为思想解放的年代。吴天宇看着眼前的滔滔江水，沉默片刻，缓缓地说，当用泻药。他从一个医生而不是板胡手的角度分析当前的国情，说，就好像是一个病人，积重难返，仅靠温补已无济于事，必须以泻的方式，下猛药，方可起死回生。听完他的话，我陷入了我这个年龄和身份（二胡手）本不该有的沉思。吴天宇问我最近在看什么书，我说在看《复活》。他告诉我，有一部书我觉得你一定要看。我问是什么书？他说，罗曼·罗兰的《约翰·克利斯朵夫》。这是一部大部头的小说，据说小说的主人公音乐家约翰·克利斯朵夫的原型就是我们耳熟能详的贝多芬。之后，他又给我推荐了狄更斯的《大卫·科波菲尔》

和《远大前程》。其实我从进团那天起，就对拉二胡没什么兴趣和抱负了，仅仅是将其当成一个饭碗来对待。我猜想吴天宇进团的动机也是这样的，他对拉板胡也没什么兴趣和抱负，不过是为了获得一个干部的编制，让自己赖以养家糊口的工作更稳当一些。有一天，我们又散步到江边的时候，我鼓足勇气向他讲出了我的真实抱负。我说，我想当一个作家，你看有无这个可能？对于我的询问，吴天宇的回答是，当作家是一件很难的事。

9

等吴天宁校完音，指挥抬起手来，挥了挥手中的指挥棒，排练便重新开始了。我紧张地盯着乐谱，并用余光瞟着指挥的手势，一个节拍跟着一个节拍地往下走。好在还没排练到有大提琴单独亮出来的章节，我还有时间下来自我练习。我们这个乐队只是一个单管编制的小型管弦乐队。坐指挥左手边的是五把小提琴、一把中提琴、一把大提琴和一把倍大提琴；坐指挥右手边的是一支长笛、一支双簧管、一支单簧管、一支小号、一支圆号、一支拉管和一支大管。后排正对指挥的是一组定音鼓、一只三角铁、一副沙球等打击乐器。我坐在弦乐组靠后的位置，背后就是定音鼓和倍大提琴，左手紧挨着的就是管乐组的圆号，也就是何明亮。这也算是天意，正方便了他随时为我提供帮助和指导。我的右手边是一把中提琴，前排是潘志远、胡立伟、吴天宁三把小提琴，他们拉的是小提琴第二声部。他们的前排，是马小齐和崔雅梅，他俩拉的是小提琴第一声部，其中马小齐坐的是最外面靠近指挥的位置，这个位置被称为首席。作为一个单管编制的管弦乐队，管乐组没什么纷争，每个声部都仅此一人，不可替代。但弦乐组的小提琴声部就不一样了，五把小提琴，谁拉第一声部，谁拉第二声部，谁拉首席，相互之间是有计较和争议的。争得最凶的就是潘志远。他一进团就直言不讳地说，他应该拉首席。但团里还是安排马小齐坐了首席的位置，理由是进团之前，马小齐在小提琴江湖上的名气就比潘志远大，坐首席算是一种公认吧。但潘志远一直不服气，尤其是他不仅没坐到首席位置，连第一声部的位置，即首席左手边的那个位置也被一个不满16岁的女孩占据了，这个女孩就是崔雅梅。崔雅梅出生于小提琴世家，父亲是一个县文工团的小提琴手，哥哥也在一个部队文工团拉小提琴。她拉的一些高难度技巧的曲子，马小齐也拉不下来，坐副首席的位置应该是毫无问题的。但潘志远就是不服气。他是从部队文工团转业回来的，他说自己在部队文工团坐的就是首席位置，还得过军区小提琴比赛第二名。但崔雅梅的父亲崔伯伯说，管你在哪里坐首席，管你是第几名，我们可以现在就比一比，一比就比出来了，你拉啥曲子，我家妹儿拉啥曲子，大家都有眼睛和耳朵，比一下，是骡子是马拉出来遛遛。于是，团里组织了一次考评，评委是从重庆市歌舞团请下来的三位专家。最后经专家打分评议，五把小提琴的排名顺序是：崔雅梅、马小齐、潘志远、胡立伟、吴天宁。按这个排名，崔雅梅应该坐首席。但鉴于首席这个位置体现的不只是演奏水平，还包括音乐修养、组织能力，以及人品威望等综合因素，团领导还是安排马小齐坐了首席。在专家考评面前，潘志远无话可说，但他还是在姿态上始终保持着一种不服气的样子，背部挺直，脖子僵硬，目不斜视，俨然一副不是首席的首席。

10

潘志远这个人,我还可以多说一下。他比我们晚了一个月才进团。他是穿着一身除去了领章、帽徽的军装,背着一个军用背包来团里报到的。他一来就表现出一副睥睨众生的样子。个子不高,但走起路来腰板挺直,鼻孔朝天,俨然把一个小个子走成一个大汉的感觉。宽宽的脸盘上,长了一个好兵帅克似的大鼻头,鼻头上还经常冒出几个红彤彤、亮晶晶的痘子。崔雅梅跟演员队的但越红谈恋爱,晚上睡到了一张床上,被抓住了,违反了团里不准早恋的禁令(崔雅梅那时还不满16岁,但越红也只有17岁),让两人在全团大会上做检讨,等于是开一个全团的批判会。会上,潘志远表现得最积极,引经据典,侃侃而谈,一副道貌岸然的样子。最后他要求团里将两人开除出去,不留后患。好在大家对这个事情的看法并没有他那么激烈和认真,团领导跟崔雅梅的父亲也曾经是同事,也不想把事情做得太绝,只给他俩记了一个留团察看的处分,让潘志远的愿望（我们私下称为狼子野心）落了空。

11

说了潘志远，就不得不说说江兰。她是他的克星。单就相貌而言，比起歌舞团众多漂亮的女演员，江兰算不上多么出众。但有一样，就是走路的姿态，让她迅速超过歌舞团所有女演员而被全城的人所瞩目和议论。这一走路姿态，放到现在来说也很普通，就是一字步，又称猫步，模特在T型台上走的那种。每当她在街上以这种步态行走的时候，不仅引来路人侧目，常常还有街上的混混跟在她的后面，扭动腰肢，摇摆屁股，模仿着她的步态，逗引来旁人的围观和哄笑。平心而论，江兰的身材是不错的，尤其臀部，在细腰的衬托下，更显出其浑圆、上翘的美感。只是大庭广众之下这样的步态过于特别，免不了有风骚之嫌，遭人非议。但江兰自己却不以为然，无论他人怎样侧目而视或议论纷纷，皆我行我素，一如既往，走到哪里都一副如入无人之境的神气。现在想来，这要多么强大的内心才能做到。其实，与其婀娜多姿的步态形成反差的是，她在男女关系上却是一个极其保守的人。用现在的话说，有点高冷，或性冷淡。她喜欢穿素色的衣服，尤其黑色的偏多，常常将自己穿得像一个修女。她房间的布置也是黑、灰为主调，让人有种不寒而栗的感觉。她是被何明亮请吃红烧肉次数最多的女同事，但何明亮并没因此而达到自己的请吃目的。红烧肉要吃，朋友是不得耍的，这句话就是她说的。我还有个画画的朋友，四川美院毕业的，也是无比自信的人，通过我认识了江兰，对她产生了兴趣，提出要给她画像，江兰答应了，在她画室进出了一周，画像完成了，双方都很满意，但朋友画这个像的初衷却并没实现。后来朋友对我说，是他自己放弃的，感觉她太冷了，有点受不了。我去朋友的画室看过这幅画，尽管画中的江兰穿上了一件红色的毛衣（不知是真的穿了红毛衣还是朋友画的时候将其主观地画成了红色），但她在画布上的那双眼睛，那种冷冷的眼神，让红色的毛衣也有了一种冷色调的错觉。就是这样一个冷若冰霜的女孩，却被表面上目不斜视的潘志远看上了，而且到了痴迷的程度，乃至于在求爱被拒的情况下，恼羞成怒，强行将其按倒在床上，意图霸王硬上弓。江兰大声呼救，才让他清醒过来，感觉到事情的严重性，吓得跪在地上求江兰放他一马，千万不要声张。但江兰拒绝了他的哀求，大胆地向领导举报了他的丑恶行径。领导责令他在全团大会上做检讨，没想到他把检讨当成了一个卖弄自己的机会，写了一份长达万言的检讨书，用尽了华丽的辞藻，并用抑扬顿挫的声调念出来，哪像做检讨，有人嘲讽地说，这根本就是在做报告。大家听得昏昏欲睡，忍无可忍，纷纷要求他别再念了，就直接说，自己错在哪里？领导（在场的不仅有团里的书记和团长、副团长，还有局里派来的一位管剧团的科长）也很生气，相互交头接耳地商量了一下，打断他的演说，直接宣布了对他的处理结果：记行政大过，留党察看（我们这才知道他原来还是党员）。这件事后，他才夹起尾巴，变得灰溜溜的了。大家私下里给他起的"潘驼背"（四川方言电影《抓壮丁》里的一个形象猥琐的人物）这个外号，也开始当着他的面叫出来了。他对这个外号当然是不喜欢的，但现在而今眼目下，也只得默然地认领了。

12

排练告一段落,到了中途休息时间。乐手们放下手中的乐器,从座位上站起来,有的扭动身躯,活动筋骨;有的掏出烟盒,自己叼上一支,也给他人递上一支,一边抽烟,一边相互闲聊;有的慌忙跑出排练场(即饭厅),看那样子是早就憋不住了,直奔厕所而去。吴天宁也放下了手中的乐器,但他并没从座位上站起来,只是换了一个坐姿,将平放的双腿叠加起来,翘起了二郎腿。然后,左手向下伸了一伸,从地上端起一只茶盅,很大的、长途卡车司机常用的那种茶盅,慢悠悠地凑到嘴上喝了几口。有稀微的茶水挂在他上唇的胡须上。是的,他留了一抹一字形的小胡子,这使他看上去比他哥哥吴天宇还显老气。喝完这口茶之后,再掏出烟盒,抽出一支烟来点上,然后用中指和食指夹着烟卷衔进嘴里,先深吸一口,让烟卷去脱了三分之一,再吸第二口,烟卷又去脱三分之一,第三口,才稍微放慢速度,让烟雾先从鼻孔里溜出来,马上又将其吸进嘴里，如此循环往复，直到烟头燃烧到过滤嘴的位置。他将烟蒂（仅仅就剩下一个过滤嘴）扔到地上，用脚尖踩上去碾了碾，然后又从烟盒里掏出一支烟来点上，这次吸得就没那么猛烈和急迫了，而是慢悠悠地吸着，两眼虚望着前方，一副迷茫而又享受的样子。在小提琴组的排位纷争中，他是最无所谓的一个人，坐在倒数第一的位置上，完全一副心安理得，与世无争的样子。他曾经向我透露过，他对拉琴没多大兴趣，下围棋才是他最大的爱好。现在他一边抽烟，一边看着一本书，那是一本武宫正树的关于宇宙流的棋谱。

13

没从座位上站起来的，还有牛红。他跟我一样，也是不久前才从民乐转过来的。他本来是弹琵琶的，现在转为吹巴松，也就是大管。但跟我不一样的是，他是自己主动要求转的，转的理由是有人说他嘴唇薄，很适合学这个乐器，不然可惜了。当然，私下里他还跟我说过一个理由，团里已经有三张琵琶，多他一个不多，少他一个不少，但巴松只有一支，缺一不可。他身高一米八，体格强壮，当过"知青"，琵琶是童子功，从小跟爷爷学的。他的父亲是一个矿区的工人，但还有个身份是作家，合起来的称谓就是工人作家，曾经在《四川文学》和《红岩》这样的文学杂志上发表过几篇反映煤矿工人生活的小说。有这个渊源，他也比较爱好文学，进团后就在偷偷写诗，还订阅了《星星诗刊》这样的杂志。他是我的室友，我们是自愿组合的，就是因为我们都爱好文学。但在具体喜好上我们又有分歧，他喜欢的诗人（比如郭小川）我不喜欢，我喜欢的诗人（比如顾城）他也认为不怎么样。所以，我们各读各的书，各写各的诗。但在有一件事情上他是我的老师，他教我如何追女人和搞女人。据他自己说，他已谈过N次恋爱，搞过N个女人了，其中一个现在就在我们团里，是舞蹈队的演员，名叫杨影。只是他们现在已经没有恋爱关系了，进团前就分了手，分手的原因是，他当时追杨影的时候是和哥们儿打的一个赌，赌一块梅花牌手表。杨影是他们矿区的第一美人，美到没人敢去追，于是，哥们儿就打赌，谁要是把杨影追到手，就输给他一块梅花牌手表。牛红接受了这个赌注,开始去追这个看起来追不到的美女。结果他还真追到了。他总结的成功经验就是,美女怕朽夫。这是方言,"朽"在这里读二声,作动词用,死皮赖脸的意思。这句方言翻译成普通话就是,再漂亮的女人也经受不住死皮赖脸(死缠烂打)的男人。他追到了这个漂亮女人,也得到了那只梅花牌手表,但同样的,他也因为这块梅花牌手表又失去了这个女人,因为杨影很快就知道了,他追她只是为了跟哥们儿赌一块手表。后来他们一起考歌舞团,一起被录取,但两人说好了以后就是普通同事关系,井水不犯河水,就当过去的事情没发生过。所以,如果他自己不说,我们都看不出他们之前有过这样的关系。听了他的故事,我其实很为他惋惜的,尽管我见到的杨影在性格上有一点闷,甚至还有一点笨,但确实是一个美女,是那种很成熟,很丰满的美女,不像舞蹈队的其他女孩,那么稚嫩和单薄。但牛红说他并不为此悲伤,留得青山在,不怕没柴烧,他对自己在这方面的实力很乐观,对未来也充满希望。他说,现在要做的是,事业要进步,身体要健康(就是把"青山"搞好)。所以,他练琴刻苦,锻炼身体很积极,每天早晚都要去江边跑步,跑步回来还要做一百多个俯卧撑。对于过去的泡女技能他很自得，也不吝与人分享。演员队有个男孩正在追舞蹈队的一个女孩，但女孩还在犹豫，因为一个技校的男孩也在追求她，这个竞争者的存在让他十分苦恼。牛红得知这个情况后，便主动向这个男孩传授经验，告诉他，看上了就赶紧下手，不要拖拖拉拉，先将生米煮成熟饭，其他人就没机会了。还进一步传授了将生米煮成熟饭的策略和技巧。得到牛红的真传后，男孩果然鼓足勇气，找准机会，先将生米煮成了熟饭，其结果如牛红所言，技校那个男孩便再也没有机会，灰溜溜地消失了。他还帮忙帮到底，常常去药店帮那个男孩买避孕套，因为那个男孩一脸稚气，不敢去药店买这个东西（据说也曾经大起胆子去买过，但人家不卖给他，说他未成年）。有一次他还给了男孩一盒避孕膜，说用这个膜比用那个套子舒服，没有阻隔之感，并把如何使用的一些要点教给了男孩。现在，他坐在排练场的座位上，手上斜抱着那支酒红色的巴松，眼睛盯着谱架上的乐谱，在大家休息的时候，十分专注地练习着自己的声部。

14

　　我准备放下乐器，从座位上站起来。摆放大提琴这种乐器比摆放其他乐器要费事一些。但只一周的时间，我就能够自如地将它拿起和放下了。其过程是，自己先扶着琴身从椅子上站起来，然后将琴身旋转90度，再朝椅子的方向放下去，让底部的那根铁钉戳在地面上，让琴身腰部的那个凹陷处卡在椅子坐板的边缘，这样放稳之后，只要不人为地去触碰，它自己是滑不下来也倒不下来的。然后我走出排练场，到外面的院坝透气。一起站在院坝里的还有何明亮和马小齐。何明亮说，哪天你单独请小齐陪你练习一下那段二重奏（大提琴与小提琴的二重奏）。我转头看向马小齐，马小齐笑着伸出手来拍了拍我的肩膀，没问题，他说，随时喊我，啥时候都行。马小齐个子不高，一张娃娃脸，年龄比我大一轮，不到三十吧，但头发已经花白，他自己说十年前就这样了，是少年白。我们平常的关系本来就不错，因为有一个共同的业余爱好，就是摄影。他先买了一台东方135相机，然后劝说我也买了一台（120元，花去当时四个月的工资），同时还指导我配置了一台洗印照片用的放大机，以及相纸、显影液、定影液等耗材。他脾气很好，很谦虚，但同时也很自信，对于自己坐在首席这个位置，既没主动争取，但也从不假意推让。他听过的曲子很多，读的书（音乐的、文学的，以及历史的）也很多。我的几十盒录有世界名曲（含交响曲、协奏曲和独奏曲）的录音带都是从他那里转录的，现在我都记得有德沃夏克的《自新大陆》，海菲兹的《流浪者之歌》，圣桑的《引子与回旋随想曲》，以及谭盾、郭文景、瞿小松和叶小刚等人的作品。虽说是性格温和、很有涵养的一个人，但遇到跟音乐和演奏有关的问题，他会争论，而且会变得很激动，暴露出他认真而又急性子的一面。相反，何明亮就不会与人争论。倒不是他没有主见和原则，而是他有他自己表达意见和好恶的方式，要么沉默，要么拂袖而去，总之不会与你多说。比如在排练的时候，某个声部没演奏到位，尤其是他自认为有发言权的声部，如小号、长号，他不会用语言表达出来，告知指挥，或直接告诉小号、长号本人，你这个地方没对，不应该是这样吹的,他不会。他的表达方式是自己先停下来,不吹了,把圆号抱在怀里,面带微笑地看着指挥,或看着出问题的当事人。大家在一个乐队久了,对他的这种表达方式已经很了解,所以,当他在排练中突然放下乐器,不吹了,那么指挥就应该让排练停下来,指出那个声部(也就是那个乐手)有问题,以及问题在哪里。但如果指挥碍于情面,要装好人,只是暂停了指挥,但却并不言语,也用何明亮一样的沉默和微笑来面对问题,那么,在整个乐队一片沉寂的压力下,那个出问题的人,比如就是长号陈永兴(外号陈烧腊)吧,便会笑着主动承认,对不起,我这样吹错了,对不起哈,何大师。何明亮便很得意地微笑着朝他点点头,也不说话,但意思很明确,你知道就好。如果指挥装好人不开腔,当事人也厚着脸皮假装不知道是自己出了问题,那么,何明亮就会将乐器放到椅子上,昂然走出排练场,自己找地方抽烟去,直到里面大声喊,好了,何大师可以回来了,他又才笑眯眯地走回来,一脸得意地将整个乐队环视一下,然后坐回自己的位置,慢条斯理地拿起圆号。

15

一刻钟的休息时间到了,大家重新坐回到自己的座位。指挥用指挥棒点了一下长笛许宝云,许宝云便拿起长笛放在嘴上,吹出了一个悠长而又稳定的标准音,弦乐组的乐手们便跟着这个标准音校正起自己的琴弦。一阵呜呜啦啦的校音声过后,整个乐队安静下来,大家抬起头来看向指挥。那么现在,是时候对乐队的指挥做一点交代和描述了。

16

我们团一直没有专职的乐队指挥,都是由作曲者担任的,即谁作的曲(或配的器),就由谁来指挥乐队的排练。剧团一共有三个专职作曲,金美娟、孙学林和谯兰萍。剧团准备投排《搭错车》的时候,安排的是谯兰萍配器，她配的器，排练的时候就该是她来指挥，但结果她没来，而是由孙学林代替她担任排练指挥。据说是因为谯兰萍接到了新的任务，要为明年的"蓉城之春"音乐节创作一个以乌江为题材的音乐诗画组曲。孙学林是从一个县文工团调来歌舞团的。他不像另两位作曲者有着四川音乐学院毕业的科班背景，而是自学成才，因此为人格外谦虚谨慎，见人总是笑呵呵的（他的嘴也确实大，用副团长的话说，笑起来嘴角都扯到了后颈窝）。只要是轮到他指挥乐队的时候，全程都是轻言细语，笑容可掬，不得罪任何一个人。加上他个子矮小，三十多岁的人，看上去还像个中学生，那种谦卑感就更是溢于言表了。而乐队总有刺头，看不起他，爱跟他过不去，其中牛红算一个，何明亮也算一个。他来指挥《搭错车》的时候，牛红也跟我一样，是刚刚拿到这件乐器，还在摸索中，演奏起来难免磕磕绊绊的，不那么顺畅和精准。但牛红的脾气却跟我不一样，我对指挥的批评总是乐于接受，本来就是新手嘛，出错是自然的，出了错指挥要指出来，也是理所当然的。但牛红却不这样认为，尽管孙学林已经很小心翼翼地选择了批评的措辞和语气，但几次三番下来，牛红的脸上还是挂不住，有一次就真的毛了,放下乐器朝着孙学林顶撞道,你懂不懂这个乐器,不这样吹还能怎样吹,你说一下,或者你来吹一下?孙学林被他这一番言语呛得差点没晕过去。他瞪大双眼,嘴唇抖动着,想说什么,却什么都说不出来。是啊,这个时候就算是换上小泽征尔,也会被气得说不出话来吧?有哪个指挥是精通所有乐器的呢?如果指挥指出一个乐器没演奏对,那个演奏者就递上乐器说,没对是吗,那你来示范一下?据我所知,小泽征尔会弹钢琴和拉小提琴,而我们的孙学林老师也会一点二胡、京胡和竹笛。且不说指挥会不会乐器,要他去给乐手做示范这种事情本身就是没道理的。小泽征尔指挥的乐队(无论是美国波士顿交响乐团还是中国中央乐团)都不会发生这样的事情,这种不合常理的事情,只有像我们这样的小城市和小剧团的乐队才会出现。我还听说,真有某个县剧团(比我们剧团还低一个级别)的乐队指挥样样乐器都会,你说这样不行,好,拿来,让我示范给你看看,看到了吗,这样才对,记住了,这样才对。哈哈,谁也难不倒他。如果说牛红的无理取闹让孙学林无言以对,差点气晕过去,那么,何明亮的刁难就彻底把他搞崩溃了。何明亮还是他一贯的表达方式，以沉默来抗议，但这次不是针对长号也不是针对小号，而是直接针对指挥。他觉得指挥有问题，于是停下来，抱着圆号，微笑着一言不发地看着指挥。孙学林见何明亮停下来，一开始还以为是乐队的哪个声部出现了问题，但他自己知道，刚刚的演奏每个声部都是正常的，至少是没有明显的错误，所以他赔笑着问何明亮，何大师，有什么问题吗？何明亮还是微笑不语。孙学林尴尬地笑了笑，便举起指挥棒说，那我们重头再把这一段来一下。然后，当演奏到之前停下来的那个地方时，何明亮又把圆号从嘴上放了下来，抱在怀里，看着指挥，脸上依然是那种似笑非笑的表情。孙学林挥了挥指挥棒，让乐队停一下，虽然心中已经有些不悦，但还是耐着性子赔着笑脸问何明亮，你说说究竟哪点不对？何明亮看了看大家，然后又看着孙学林，反问道，你说呢？孙学林终于失去了耐性，他收敛起笑容，用很生硬的他并不太习惯的语气说，我觉得没什么不对。何明亮说，你是指挥，你都觉得没什么不对，那就是对的，你继续吧，我休息一下。

17

好脾气的孙学林一气之下,很罕见地扔了指挥棒。团里让金美娟接手乐队的排练。此时的金美娟,已经四十出头,穿着打扮趋于邋遢。我们刚进团的时候,看到的她可不是这样的。我第一眼见到她,就被她优雅脱俗的气质迷住了。那时她还不到四十岁。一头大波浪的卷发,皮肤白皙而有光泽,眼神犀利但又不失妩媚。那是1979年,社会风气还比较保守,但金老师就敢于把团里的男生召集起来,教大家跳探戈、伦巴、慢三步等交谊舞。她穿着一件米色的风衣,风衣里面是驼色紧身的羊毛衫,羊毛衫上挂着一条红色的羊毛围巾。她搂着我们旋转、进退的时候,敞开的风衣飘起来,散发出一股甜丝丝、暖烘烘的体香。她那时候单身,独自带着一个八岁大的漂亮女儿,名叫金梅。是的,跟妈姓。所以,金梅的爸爸,金老师的前夫是谁,一度成为大家私下感兴趣的话题。我们的第一任团长姓王,是个大胡子、大个子和大肚子的邋遢男人。四十多岁,也是单身,妻子死了,自己将一个九岁大的儿子带在身边。剧团刚成立的时候,大家过的是一种集体生活,住集体宿舍,吃集体食堂,上公共厕所,洗公共澡堂,集体在会议室看电视,集体去电影院看电影,集体练功,集体排练,甚至集体上街购物。但王团长住着单间的宿舍,因为他是团长,因为他还带着一个儿子,更重要的是,他要搞创作(写剧本),需要绝对的安静。王团长本是学美术出身的,但他长期从事的却是话剧编剧和导演的工作。就他的长相和穿着,你可以说他像个艺术家,但你也可以说他像个土匪。他有很多怪癖,喜欢边走路边构思剧本,并把构思中的台词借助自己的手势念叨出来。他已经开始秃顶,一年四季都戴着一顶鸭舌帽,蓝灰色的帽子被他戴成了两种颜色,帽子的后面部分由于浸满了头油,颜色就深过前面部分,由蓝灰色变成了深蓝色。他穿鞋总是压着鞋后跟,把每一双鞋,无论皮鞋还是布鞋,都穿成了一双拖鞋。他上完厕所后常常忘了扣裤子的裆门,旁人看见了又不好意思提醒,只有偷笑着避开目光。更怪癖的是,他不吃一切豆状食物,比如黄豆、花生之类的。玉米没有从玉米棒上剥下来的时候他会吃,但一旦被一粒一粒地剥下来，变成玉米粒（豆），他就不吃了。就这么个怪癖的男人，喜欢上了金老师。金老师喜欢他吗？不知道。只知道金老师经常从集体食堂打了饭，端到王团长的宿舍去吃。两个小孩，金梅和王团长的儿子（本名叫什么我忘了，只记得他的小名叫王二小）也常常在一块玩。虽然王团长和金老师在外形上不是那么般配，但毫无疑问，都是有才华的人，应该会有共同语言，搞在一起也算是一种佳话吧。正当我们都以为王团长可能要和金老师结婚的时候，王团长却突然被组织上调离歌舞团，回他老家那个县当文化局长去了。那么金老师呢？金老师没有离开，她还留在我们团，继续作曲和指挥。只是，相比于以前，金老师的性格有了很大变化。团里不排练、不开会的时候，就很少看得见她。她连集体食堂都不去了，自己在房间里用煤油炉子生火做饭。有人说，是王团长把她甩了，自己跑回了老家。但也有一种说法是，因为她不肯与王团长结婚，王团长才决定回老家去当那个局长的，而且回去没多久，确实就跟当地一个年龄相当的寡妇结了婚。而金老师，即使跟大家在一起的时候，也变成了一个沉默寡言、毫无生气的人。

18

王团长走后，我们团的书记又看上了金老师，这真是她的不幸。书记名叫江河。这也是一个邋遢的男人，只不过他的邋遢不在外表，而在灵魂（或者说内心）。江书记不懂业务，所以主要的精力都用在了抓剧团的思想问题和生活作风上，尤其年轻男女的恋爱，是他特别防范（也是特别感兴趣）的领域。他有两个经典的笑话。一是，有次午休时间，他发现有一男一女偷偷溜出了剧团的宿舍大门，便搬了把椅子坐在大门口守着，准备等这两人回来时抓个正着。但守了两个多小时，到了下午排练时间，却没见到两人回来。他很困惑，跑到排练场去看，两个人已经在那里参加排练了。原来这两人中午偷偷溜出去到江边耍了一下，回来时远远就发现门口已被书记把守着，就绕到宿舍楼的后面，从一楼练功房的窗户翻进去，神不知鬼不觉地各自回到了自己的房间，等到上班时间，又若无其事地去了排练场，让书记扑了个空，白白牺牲了自己的午睡时间。还有一次，大家在会议室集体收看电视节目，是俄罗斯芭蕾舞团演出的芭蕾舞剧《天鹅湖》。刚一播映，他就开始嚷嚷，这光屁股有什么好看的？团长说，这是艺术，是业务学习。他不好跟团长争辩（他有点怕这个长得像土匪的团长），照说他可以不看，自己离开，但奇怪的是，他又没离开。没离开也不要紧，他还拿张报纸挡在眼前，表示他是不看这种资产阶级的光屁股的。拿报纸挡住脸有点滑稽，但也还可以，符合他的身份，不幸的是，偏偏有人不放过他，一直注意着他的一举一动，于是就发现他在偷看，他以为大家都没注意他的时候，偷偷把报纸撕开了一条口子，然后透着这个口子看电视。就这么一个人，要追求金老师，金老师会答应吗？不用说，都知道是肯定不会答应的。王团长虽然外表邋遢，但灵魂是高贵的，且有让金老师欣赏的才华。同时，他也能欣赏金老师的才华。用个现在的比喻，也是美女与野兽的关系吧。而江河，虽然曾经在部队当过文书，转业后还在报社当过记者，也自我标榜很喜欢文学，但跟他接触过的人，就算不知道那两个经典的段子，也很难对他有好感，更别说当他是一个合格的文化人了。他开始以关心、同情金老师的姿态去接近金老师,但金老师不买账,找各种借口躲避他。这非但没有让他知难而退,反而激发起他的斗志(也许当过兵的缘故,习惯性地将金老师当成了必须攻下的堡垒),从含蓄低调的追求,变成了简单粗暴的骚扰,有事无事跑金老师房间去找她谈心,美其名曰帮助她进步,但金老师不吃他这一套,每一次都将其拒之门外,偶尔被他强行闯进门来,金老师也会毫不留情地将他推出门去。他恼羞成怒(嗯,跟潘志远被江兰拒绝后的反应一模一样),便开始利用自己的职权,对金老师实施打击报复。评职称的时候,他扣住金老师的材料不上报;四川省音乐家协会邀请金老师去成都参加创作研讨会,他不准假;为"蓉城之春"音乐节准备作品,他不让金老师参加,即便金老师自己写了作品,也找各种理由不纳入团里的排练计划。有一次,开全团大会,有几个人迟到了,其中就有金老师,但他偏偏不去理会另外几个迟到的人,而是单单点了金老师的名,问她为什么迟到?还让她一直站在门口,不准离开,也不准到座位上坐下。在他如此这般的折磨下,金老师渐渐地变得神经紧张,情绪低落,最后几乎到达精神崩溃的边缘。曾经优雅、干练的她,如今神情恍惚，完全顾不上自己的外貌和形象，就像我前面说的，完全趋于邋遢。我感到很伤心。那段时间，团里许多人都躲着她，只有我和另一个男孩郭晓红（演员队的）常去她宿舍陪她聊天。郭晓红跟她来自同一个县，秀山县，小时候就认识她。她来我们团之前，是秀山县花灯剧团的专职作曲。她毕业于四川音乐学院。那是上个世纪六十年代，"文革"爆发前夕。一个姓李的男人来到四川音乐学院，拿着秀山县人民政府开具的介绍信，动员他们这批刚毕业的学生娃娃到秀山去，支援少数民族地区的文化事业。这个姓李的男人当时也才二十多岁，是从部队上转业下来的，在部队从事的就是文化宣传工作，说起话来不仅头头是道，且嗓音浑厚，带有磁性，还当众演唱了《教我如何不想她》这首民国时期的经典歌曲，美声唱法，一听就是受过专业训练的。后来得知，他的确在上海音乐学院学习过，没毕业就投身革命，去了延安。跟着部队南下后，转业留在了地方，组建秀山花灯剧团并担任剧团团长。他热情洋溢地用诗一般的语言向这群即将迈出校园的少男少女们描述秀山那个地方：山清水秀，地势平坦，一个幽静的有着浓郁文化气息的小城，夏天凉爽，冬天有雪花，男人女人说话都软绵绵的,音调接近成都话,加上其城市的风貌,号称小成都。那时候金老师还不满18岁,带着一份浪漫的情怀和美好的憧憬,离开了大成都,去到了秀山这个小成都。

19

去了才知道,金老师说,我们被那个姓李的骗了。从成都到秀山,要坐火车,12个小时的火车坐到重庆,然后再坐长江轮船到涪陵,需要一天的时间。接着的一天时间,又从涪陵坐乌江轮船到龚滩,在这个江边小镇上住一晚,第二天,坐汽车沿319国道经过酉阳,然后抵达秀山。知道那已经是靠近哪里了吗?湘西啊,靠近湘西,快出四川省了,再多走几步,就可以走到湖南、贵州去了。然后,这个被称为小成都的秀山县城,那里的人,完全把我们当稀奇看,你只要上街,就会有人围观,跟着你,问你从哪里来?我们下河游泳,更不得了,几乎全县城的人都跑到河边来围观。就在这样的环境里,金老师开始与本团的一个男演员恋爱,继而未婚先孕,奉子成婚,婚后才发现，这个男人不靠谱，好吃懒做，花心，还喜欢打老婆，于是离婚。于是申请来到我们团，担任专职作曲。我进团参加排练的第一支乐曲《春江花月夜》，就是金老师指挥的。这虽然不是她原创的作品，但我们用于排练的总谱却是她配的器。这是一首民乐合奏曲，中途还有人声合唱加进来。那时的她，拿着指挥棒站在指挥台上，动作是那么优雅、专业；表情是那么丰富而又准确。尽管她不是专业指挥，但她的指挥让大家心悦诚服，没有人在排练的过程中刁难她，也不敢刁难她。站在指挥台上，她有一种不怒自威的气势。就算现在，经历过江河的一番打击后，她精神恍惚了，外表也邋遢了，但只要一进入排练场，站上指挥台，过去那个优雅、自信、亲切同时又有几分威严的金老师一下又回来了。尽管这次不是她配的器，但她进排练场之前显然做了功课，通读了谯兰萍的配器总谱，对每一个声部、每一个乐句都了若指掌，对这部作品从整体到细节的情绪也有着精确的理解和把握，指挥起来从容不迫，有条不紊。像何明亮、牛红这样的刺头，那种用在别的指挥身上的刁难和顶撞在金老师指挥排练的过程中从未发生过。

20

《搭错车》不是金老师配的器，但以她的脾气，既然接手了，就绝不只是应付，而是当成自己的分内之事，并把事情做到更好，更接近完美。她根据自己对这部音乐剧的理解，在现有声部的基础上，又添加了两个声部：钢琴和手风琴。先说手风琴。团里有个手风琴手，名叫朱安排，小名朱二娃。写到这里，我是想了半天才想起他的大名的，因为在团里几乎没人叫他的大名，都是叫他朱二娃。这又是一个比何明亮、左天全还怪的怪人。他个子瘦小，一张黝黑、多皱、窄小的脸上，留了一撮近似于卓别林（或希特勒）的小胡子。但他的眼睛很漂亮，见过这双眼睛的人，都会认同，这是一个内心干净，带有几分孩子气的男人。他是个琴痴，除了拉琴，别的任何事情都不会，也没有兴趣。他并非科班出身，而是自学成才，按专业人士的说法就是野路子。他很早就在川东地区的手风琴界奠定了自己的江湖地位。来我们团后，每次安排他独奏，一上舞台，即从侧幕往台口走的时候，都会引来台下观众的一片嘘声和笑声（一架硕大的手风琴挂在这么瘦小的人身上，加上脸上的表情，就像是一只身上挂着手风琴的猴子）。但只要他一开始拉琴，大家便安静下来，瞪大了眼睛，不仅闭了嘴，还屏住了呼吸，真心被他精湛的演奏所折服。但谯兰萍配器的时候，却没有用手风琴，这让朱二娃很郁闷。他甚至认为，这次被排除在外，是对他演奏水平的不认可，是奇耻大辱。他不善言辞，不会像牛红那样站在院坝里骂街。他也不会像潘志远那样去讨好，去哀求。他选择了一种以惩罚自己来表达不满的方式：绝食。开始大家都不知道他在绝食，只以为他是生病了，不想吃饭。后来他的女朋友（一个在外貌上跟他反差极大的漂亮得出乎大家意料的女孩）才跟我们说，朱二娃是在使气，因为他没上到节目。直到金老师接手，调整了总谱的配器，加了手风琴的声部，团里通知他参加排练，他才结束绝食，翻起身来开始吃饭。但金老师并不知道朱二娃绝食的事，至少在决定添加手风琴声部的时候是不知道的。她加上手风琴是因为她觉得这部音乐剧需要有手风琴，而不是迫于什么压力或同情。再说钢琴。团里的钢琴摆放在舞蹈队的练功房，主要的功能就是为舞蹈队练功时弹伴奏。平常演出也很少用到钢琴，因为要把钢琴搬到剧场去是一件很麻烦的事情，配器的时候都自觉选择对它的忽视。谯兰萍没有配钢琴声部可能就是基于这个原因。但金老师认为，这部音乐剧必须要有钢琴。弹钢琴的是西师音乐系钢琴专业的毕业生，一个戴眼镜的女孩，叫什么名字我都忘了，因为她在团里待的时间很短暂，好像是《搭错车》演出完之后就离开了，也不知道她后来去了哪里。和朱二娃不一样，她对参加排练和演出并不怎么热心，对于自己每天在练功房为舞蹈演员弹伴奏这种枯燥（基本上是单曲循环）的工作也一副无所谓的样子，即：既不为此感到兴奋也不为此感到沮丧。所以，当通知她准备参加《搭错车》的排练，她也一点不激动。她对团长说的第一句话是，不行啊，参加不了。团长很疑惑，怎么会参加不了呢，你没生病吧？女孩说，我没生病，是钢琴有毛病，音不准。团长说，音不准把音调准就是了嘛。女孩说，我不会调啊。团长一听就很诧异了，你居然不会调音？他至少知道我们二胡、小提琴乃至大提琴、倍大提琴都是自己调音的。女孩却表现得很平静地说，是啊，钢琴调音是一门专门的技术，是有专门的调音师负责的。团长傻眼了，我们团没有专门的钢琴调音师啊，怎么办？女孩说，重庆有，重庆市歌舞团就有，专职调音师，你们可以去请。团长去问何明亮，这是真的吗？何明亮说，是真的，她说得没错，只不过……何明亮话说到这里就不说了，笑眯眯地看着团长。团长一下明白了他的意思，只不过你有办法，是不是？何明亮说，我可以去找老木，让他试一试。老木毕业于四川音乐学院民乐系扬琴专业，分到我们团的民乐队打扬琴，也在管弦乐队兼拉倍大提琴。跟何明亮一样，也是个多面手，如果需要，他还可以打定音鼓和木琴。扬琴也是由一组一组的钢丝排列成琴弦并构成音阶的，调音的原理跟钢琴有一定的相似之处（这样说那些专职的钢琴调音师一定会反对的），老木既然能够调扬琴，调钢琴也就不是不可能的事情。团长找到老木，老木果然未加思索，就把这事给应承了下来。就这样，老木来到钢琴边，像调扬琴一样调试着钢琴里面的那些琴弦，再加上何明亮这个多面手一旁协助，两个多面手，齐心协力，仅仅用了一天的时间，就调好了钢琴。那女孩一开始对他们能调好钢琴是不太相信的，两手抱在胸前，一副冷眼旁观的样子,直到后来,她坐上琴凳,手在琴键上试了一遍(弹了一曲《致爱丽丝》的片段),点着头,算是信了。

21

加入钢琴声部后,由于钢琴不便搬动,乐队的排练就只能固定在舞蹈队的练功房了。练功房有200多平方米,地上安了实木地板,进门后的左面、右面和正面的墙上都安装了镜子,镜子的下面是实木做的把杆。舞蹈队是每天都要练功的,哪怕没演出的时候也要练。于是就出现这样的情况,我们在排练的时候,舞蹈队的演员也在周围扶着靠墙的把杆对着镜子练功。这情景难免不让乐队的乐手们分点心。她们穿着紧身的练功服,头发在头上高高地盘起,露出颀长、白皙而又湿漉漉的脖子,抬手、仰头、侧身、下腰、压腿、平转……无不让人赏心悦目,偶尔也导致乐手们的演奏显出一些零乱。金老师察觉到了这种情况,但她没有责怪,更没冒火,而是发现零乱之时,便微笑着用指挥棒敲一敲面前的谱架,询问大家,是不是暂停一下排练,等你们看够了再继续?大家便笑了起来,有点不好意思的样子,连连说,不用不用。那么,金老师抬了抬手中的指挥棒说,我们就专心一点,等这一段结束了再看。几天之后,进入乐队与演员的合排、磨合阶段。这是个艰难的过程。就像在一条布满险滩、乱石、水草的河流上行船,一开始并不顺畅,要么失控撞上乱石,要么被急流颠簸,被水草卡住。演员要注重发声,还要加进适当的表演,有时就忘了看指挥,忘了与乐队的配合,跑到前面去了,或者没跟上,掉在了后面。金老师握着手中的指挥棒,引导、点拨、推动和控制着这个过程。时不时她会停下来给演员做一些讲解,诸如强弱的处理,节奏的把控,以及这个地方应该是哪种音色和乐感。有时她还会自己哼唱一下,给演员做做示范。她其实并没有接受过专业的声乐训练,嗓音也略显沙哑,但良好的乐感让她唱出来的声音十分动听。《搭错车》里面最让人记忆深刻的是《酒干倘卖无》《一样的月光》和《请跟我来》三个唱段,大提琴独奏以及与小提琴的二重奏,其旋律就是《请跟我来》这个唱段变奏而来的。经过一段时间的练习,那几个大提琴要单独亮出来的地方,我差不多已经能够应付了。要拉出饱满而又有表现力的声音，左右手的配合固然重要，但更重要的还是在右手的持弓和运弓上。右手的力度和速度，决定了声音的音质。由于有拉二胡的底子，当何明亮说，手要放松，声音不是压出来的，是自然而然被手臂和手腕带出来的，我就懂了，整个右手一下就找到了那种感觉。只是左手换把的时候还不像我在二胡上换把那么自信和自如，这在某些时候影响了音准，不过排练到后面，这个问题也基本上解决了，听上去连我自己都觉得不错，不像是一个新手拉出来的。这其中，除了何明亮，金老师和马小齐也给了我许多指点和帮助。尤其马小齐，排练之余，他多次单独陪我练习那段二重奏，其热心和耐心的程度让人感动。经过几场排练，乐队与演员的配合也越来越顺畅，音乐剧应该有的效果开始被立体地呈现出来，现在不是乐手分心去看舞蹈演员练功，而是她们开始被我们的演奏所吸引，一只腿搭在扶杆上，整个身子却转向我们，假装在练功，其实是在看我们的排练。到后来，也不用假装了，直接跑过来围观、欣赏我们的排练了。离节目审查（彩排）的日期越来越近，大家的状态也变得越来越好，这其中每个人都付出了努力，但不得不承认，金老师的付出和功劳是最大的。紧张的排练，也改变了她个人的状态，昔日的那种光芒又重新回到她的脸上，对自己的穿着打扮也开始在意起来。记得最后通排的那天，金老师走进排练场，站上指挥台的时候，大家都十分意外，继而是惊喜，看，金老师化妆了，描了眉，画了眼影，还涂了口红。这一下让我回想起第一次见到她时那种意气风发的模样。当她抬起指挥棒示意我们排练开始的时候，大家居然没按规定动作拿起手中的乐器，而是集体向她鼓起掌来。这完全是不约而同地、发自内心地对她的支持和祝福。金老师在掌声中捂住了自己的脸，羞怯得像一个小女孩。当她重新抬起头来，我看见她喜悦的眼中，闪烁着一星泪光。

22

这次通排之后，乐队休息了一周，然后接到通知，省文化厅的专家要来为"蓉城之秋"戏剧节审查节目，我们要彩排一次给他们看。彩排被安排在晚上，但下午的时候，我们就得到消息，彩排的指挥不再是金老师，而是换成了孙学林。这也意味着金老师不仅彩排担任不了指挥，去成都演出也可能没她什么事了。她这一个多月付出的心血被彻底忽视，其成果莫名其妙地被他人窃取，大家对此议论纷纷，都觉得团里的这个决定对金老师太不公平了。毫无疑问，这又是江书记搞的鬼，与孙学林本人无关。我和牛红特别气愤，认为必须站出来抵制团里的这个决定，为金老师讨回公道。我们开始联络乐队的其他乐手，首先是老木，他是乐队队长，然后是何明亮、马小奇，他们都赞同我们的想法，于是我们召集其他乐手在饭厅开会，提出如果不让金老师指挥，我们晚上就不参加彩排。潘志远说，你们这是要罢演啊？我说，你说对了，就是罢演。我知道他是不想跟着我们闹的，但由于大家都赞同，他也没再反对，或者说，他一个人反对也没用。我们开会的时候，演员队的几个演员也来了，要加入我们，一起抵制。然后我和牛红作为代表，去文化局请愿，要求恢复金老师担任彩排指挥。文化局分管剧团的一位科长接待了我们，态度极其粗暴，没等我们把话说完，就给我们扣上了一顶无政府主义的帽子。我们又去宣传部，没见到部长，又是一位科长接待的我们，科长是个体态丰盈的中年女人，态度倒是很温和，也很耐心地听完了我们的申诉，然后告诉我们，这属于业务问题，应该是由歌舞团自己解决，宣传部不便插手这么具体的业务安排。她说得也有道理。于是，我们回到团里，找到江书记，提出我们的要求，也告知了我们的决定，即：不恢复金老师的指挥权，我们就不参加彩排。江书记一副轻松的表情，他认为我们不敢，送我们出办公室的时候，还笑嘻嘻地说，晚上准时哦，我相信你们都是顾全大局的好同志。我们不想再理睬他，只在心里说，你就等着瞧吧。到了晚上，省文化厅的专家在宣传部和文化局的领导陪同下到了排练场。但是，临近演出的时间，乐队席上除了指挥孙学林之外，其他椅子全都空着。这下领导们着急了，首先挨骂的是江书记。江书记便从排练场跑出来找到乐队队长老木，要他说服大家去演出。老木说，答应让金老师担任指挥我们就去演出。江书记说，这不可能，做出的决定不能更改。文化局长也坐不住了，也跑来找老木，要老木做大家的工作。老木有点扛不住了，便让局长找我和牛红。我们对局长说，答应我们的要求，让金老师指挥就可以去演出。局长说，先演出了，之后再来讨论这个问题可不可以？我们说，绝对不可以。局长很生气地走了。然后宣传部的杨副部长来了,他单独找到我做工作,并说他现在不是以部长的身份,而是以杨叔叔的身份,恳请我顾全大局,先完成今晚的演出,有什么问题演出之后再说。杨副部长的女儿也是我们团的一名演员,我们经常在他家进出,平常确实也都是叫他杨叔叔。但我告诉他,这不是私人问题,是关系到公平与正义的原则问题,并质问他,莫名其妙换人明明就是错误的,为什么就不能纠正这个错误呢?杨副部长说,换人是组织的决定,组织决定了的,就得执行,这也是原则问题。我说,这就是他江河一个人的意志,他的意志不能代表组织,你们这是官官相卫。杨副部长看我态度如此坚决,完全油盐不进,也生气地、无可奈何地走了。离彩排时间已经过去了半个多小时,这时候,地区行署分管文教的一位女专员出面了,她把乐队所有乐手都召集到饭厅,然后让我们推选一个代表给她讲一下究竟是怎么一回事。我已经气得说不出话了,就由牛红充当代表,向女专员陈述了事情的由来。牛红的口才很好,面对专员陈述的时候,情绪也控制得恰到好处,既冷静,又毫不含糊地表达了我们不达目的誓不罢休的态度。女专员面无表情地听完牛红的陈述,静默了一会儿,便转身问江书记,是这样的吗?江书记吞吞吐吐地说,差不多是,是这样的。女专员就说,如果排练一直是金老师指挥的,那彩排换人就是错误的,是错误就应该纠正。女专员给出的意见是,恢复金老师的指挥身份,全部人员马上参加演出。但罢演这种行为也是错误的,而且造成了很恶劣的影响,因此,对带头罢演的人要给予一定的处分。金老师也被叫了来,女专员让她赶快带大家进入排练场。但是金老师说,她想说两句,可以吗?专员很客气地说,你请讲。金老师便说,感谢大家这段时间来对我的支持,至于这件事情,大家的好意我心领了,但是今晚的指挥,以及将来这部音乐剧的指挥还是请孙学林老师担任,我已经很累了,需要休息。说完,无视众人诧异的表情,转身就走了。我后来理解,她推辞的原因,不排除有赌气的成分,但更多的,我认为她还是想给孙学林留点面子,因为他已经坐在了排练场乐队指挥的位子上,要他当着这么多人的面再走下来,的确是一件难堪的事。这也是金老师的一种恻隐之心吧,也符合她做人的一贯准则。这次罢演让演出推迟了将近一个小时。演出完后,我和牛红主动承担了责任,各自挨了一个记大过的处分。

23

　　2009年10月的一天，我在成都又见到了金老师，她是专程来参加四川音乐学院七十周年校庆的。歌舞团过去的同事郝敏现在是川音声乐系的副教授，她和她的老公郭晓红（也是歌舞团的同事，前面我写到过他，现在是四川人民艺术剧院的演员）组了一个饭局，邀请了我、安蓉（我老婆）和崔雅梅等几个现在居住在成都的前歌舞团老同事，一起欢迎金老师的到来。算起来，有二十多年没见过金老师了。我是1988年离开的歌舞团，金老师早我一年，也就是1987年离开歌舞团，调到重庆一个大型企业从事工会工作的，那之后就再没见过面，只听说她调到重庆后就结婚了，男人是一个地质工作者，两人生活很美满，金老师业余时间还继续从事音乐创作，其作品多次获得重庆市的嘉奖。算年龄，她已是一个七十多岁的老太太，但看上去容貌并没有大的改变，还是那么优雅，那么有风度。见到我们她很高兴。也许是太高兴了，她一直笑着，点着头,却一句话也说不出来。我觉得不能老是我们说话,就问金老师,金梅还好吗?金老师说,还好,大人了,有工作,成家了,还有了孩子。我又问,听说你也结婚了,那个地质队员,他还好吗?金老师点点头,又摇摇头,脸上变幻着复杂的表情,想说什么又哽着说不出来,然后,就哭了起来。我吓坏了,手足无措,不知如何是好。郝敏搂住金老师的肩头,好像也不知该说什么话来安慰她。后来金老师才说,两年前那个地质队员就病逝了,肺癌,死前受了很大的折磨。她现在是一个人住,不过她养了几只猫,还不错,也不寂寞。我们问,你出来后猫怎么办呢?她沉默不语,眼眶又变得潮湿起来。我们急忙转移话题,说到川音的校庆,又说到她当年是怎么从这里被骗到秀山去的,再一路说回到歌舞团。不过大家都小心翼翼,只挑一些轻松、好玩的往事,而不去触及往事中那些曾经让她难堪和伤心的部分。后来看时间不早了,我们就提出送金老师回川音酒店休息。临别之时,她说今天能够见到我们实在是太高兴,太意外了,是意外的高兴。然后和我们每个人拥抱,拥抱一个说一声再见,等到和最后一个人拥抱完说出"再见"二字的时候,她的嗓音已经是颤抖而又沙哑的了。

24

写到这里,我停笔了好多天。我在想这篇小说将以怎样的形式结束?最后确定,还是对其中一些人物的命运和结局做一个简单的、力所能及的交代吧。

25

首先让我想到的依然是何明亮。我离开歌舞团之前他就结婚了,还有了一个女儿,他给她取名何弦(谐音和弦)。我离开歌舞团之后,听说他又离婚了。再之后,也就是2015年,听说他出了车祸,去世了。他是跟一帮人去一个小镇上演出,返回的途中出的车祸。听到这个消息,我十分难过,完全不愿相信这是真的,持续了很长时间,才接受了这个不幸的事实。

26

牛红，我离开歌舞团不久，他也离开了，回到了他曾经出生和生长的矿区，从税务员做到税务所长，再到税务局长，2000年前，具体哪一年我记不得了，听说他患了癌症，肺癌，不久就去世了。听到这消息我十分的震惊，他那么棒的身体，怎么会患肺癌呢？他是回到矿区后才结的婚，在歌舞团期间他没有正式耍过女朋友，但跟剧团外面的几个女人有过往来，这我是知道的。我与他同在一个宿舍生活了两年，情同手足，他的早逝，让我悲痛万分。

27

马小齐，他很早就开始教学生，办小提琴培训班，挣了一些钱，日子过得很不错。前几天，我还在微信朋友圈看到一张照片，是一张歌舞团老同事的合影，里面就有马小齐，依然还是那个样子，没变，一眼就能认出来，只是曾经花白的头发如今全白了。

28

许宝云，他也在教学生，但不是教竹笛，也不是教长笛，而是教长号。关于许宝云，前面的章节我没怎么提到他，现在补充一下。在剧团十年，他也是我要好的朋友之一，我常常到他家串门，聊一些自己读的书，或刚刚看过的电影。他特别喜欢看哲学类的书，但在我印象中，他从没与我讨论过哲学问题。他性格温和，公众场合很少说话，做事循规蹈矩，因此也就没有留下多少可供大家回忆和谈论的故事，属于那种不引人注目的人物。

29

左天全，一度离开歌舞团，调回老家的一家银行工作，结了婚，但两年后他又回到了歌舞团。他老家是号称鬼城的丰都县城，据他说，解放前丰都县城的一整条街都是他们家的。他父亲是个资本家，不仅在丰都开有钱庄，在重庆也开有好几家钱庄，如果不是解放，他过的可就是少爷的生活。有一次剧团排练一部话剧，所有乐队的人都要上场客串群众演员，他被安排扮演茶铺里的一个跑堂倌，唯一一句台词就是对着走进茶铺的男主角问道:先生，你喝茶吗？导演要求他说这句台词的时候，要弯下腰做出很谦卑的样子。但排练的时候，左天全一遍又一遍地被导演叫停，要求重来，原因是他的腰弯得不够低。但无论导演怎么开导，左天全的腰始终就是低不下来。导演毛了，没想到左天全也毛了，他甩掉搭在手上那条当作道具的毛巾，跑下台来，不演了。他跟我们说，再怎么着我们家也是开过银行的，我怎么做得出来这种低三下四的动作？他回去老家两年后又回到歌舞团，据说是迷恋他曾经在歌舞团的单身汉生活，想离老婆远一点。还有的说，他是为吴天宁回来的，他俩是棋友，两人不说话，只是下棋就可以相处一天。

30

吴天宁和吴天宇。剧团后来基本上不演出了,吴天宁有了大把的时间用来和人下棋。而他的哥哥吴天宇,则很早就离开了歌舞团,比我离开得还要早。其原因是,他进团一年多之后,被查出个人档案造假。他在调来剧团的时候,通过管人事档案的熟人,修改(提高)了自己在原单位的工资级别。这事爆出后,他在剧团待不下去了,就辞职去了一家矿山医院,那以后就再没见过他。而这么多年来,我时时会想起他,很感激他在我年少迷茫的时候跟我聊国家大事,并给我推荐了《约翰·克利斯朵夫》这部小说。当我问他我可不可以当作家的时候,他说当作家很难,这看似一种质疑,却更加激发了我对这个目标的好奇,以及实现目标的决心。

31

崔雅梅，她之后的经历是乐队同事中最曲折、最传奇的。她的故事一下讲不完，讲不清，我就简单交代一下吧。她跟戴越江结了婚，有一个儿子。几年后离了婚。她去新疆待过十年。她吸过毒，后来居然奇迹般戒掉了毒瘾。现在跟父母和儿子、儿媳生活在成都，空闲时候唯一的爱好就是打麻将，是我老婆安蓉的麻友。听说我摔倒了，前两天还专程来我家看望我，一起吃了一顿饭。她早就不拉小提琴了，言谈举止都透出一股江湖气，跟她一起打麻将的人都说，简直看不出崔姐以前还是拉小提琴的。

32

江兰，在歌舞团的时候和剧团外的多个人谈过恋爱，但都以失败告终。后来她也离开了歌舞团。有人说她去了深圳，有人又说她在重庆，具体行踪和状况不得而知。

33

最后交代一下我自己。前面说过，在剧团十年，我完成了人生中的许多个"第一次"。第一次恋爱，第一次结婚，第一次有了小孩，第一次出版了自己的个人诗集。1988年，我主动申请调离歌舞团，去往新成立的地区，黔江地区，在文化局从事群众文化管理工作。1992年，邓小平"南方谈话"之后，我"下海"到了成都，与昔日"非非诗派"的几位诗友创办了一家广告公司。一年后公司倒闭，去一个朋友的公司工作，为他管理一家夜总会。三年半之后，夜总会倒闭，我回家写作，同时为一家酒店编辑一份内部报纸。三年后，受朋友之邀，主编一本名叫《银幕内外》的电影杂志。不到一年，杂志倒闭，我又去了一个朋友的公司，为他做市场营销，产品是一款名为"黄轩"的红酒。一年后，我跟朋友说，我还是觉得自己不适合干这样的工作，便辞职回家专事写作。这时候，已是2000年，时间进入新世纪。2003年，禁不住朋友的劝说，进入四川文艺出版社从事编辑工作,但也只干了一年的时间,又离开出版社,回家写作。在家写作的这十多年,中途也断断续续地出去给一些企业当过策划、文案写作或总经理,也给本地和南方的一些纸媒写过生活、读书和电影类的专栏。十多二十年下来,出版了诗集《6个动词,或苹果》,小说集《女巫之城》《他割了又长的生活》,长篇小说《潘金莲回忆录》《爱情歌谣》《藏地白日梦》,随笔集《成都茶馆》《喜马拉雅词典》《纸上风景》《我的相关生活》。目前电脑里还有一部已完成而未出版的中、短篇小说集(暂名《圈》)以及一部诗集《时间表》。现在我所期待的就是,早日康复,能够走下床来,能够出门去见朋友,与朋友们坐着好好地喝一台酒。

| 夜总会

1

我跟他不熟,见过几次,人多的场合。他是我朋友的朋友。有一天,我朋友跟我说,我有一个朋友,你见过的,想拍一部电影,在找摄影师,有兴趣的话你去跟他聊一聊。他给了我联系方式,电话、微信、QQ什么的。我们很快就联系上了,约好见个面,地点就在他家楼下的一个茶坊。他不是很善言辞的那种人,其实我也不是,所以开始的场面有点尴尬。后来我就问他,想拍一部什么样的电影？他说，还没完全想清楚，有点跟现在的电影不一样。他说话的时候眼睛一直盯着面前的烟灰缸，手上的那支烟都没怎么抽，却不停地往烟缸里抖烟灰。之前听朋友说他是个诗人，看见他之后有点跟我想象中的诗人对不上号。我试探着继续问他，是比较诗意的那种电影吗？他马上说，也不是。然后又补充说，特别不希望自己的电影被认为是诗意的。听他这样说，我就猜测他可能真的还没想好，现在还不是时候跟他讨论影片的风格问题，于是我就问了他一个比较实际的问题，打算拍的这部片子是什么题材的？没想到连这个他也显得有些说不清楚的样子，边说边用手比画，情绪还有些烦躁。听半天我大概也听明白了，他想拍的这个片子在题材上没法归类。那么，我就问，拍什么内容有了吧，比如故事大纲什么的？他说有了，但还需要再打磨。最后我答应他，等他剧本出来了我们再聊合作的事情。

2

第二次见面差不多在一个月之后。见面前一天他发了个剧本给我，让我先看看，见面时谈谈看法。还是在他家楼下的那家茶坊。这次见面多了一个人，也是我认识的，叫王墙，做美术指导的，已经做过几部片子了，其中一部我们还有合作，就是那部《送一颗炮弹到喜马拉雅山顶》，他的美术指导，我的摄影指导，在西藏一起待了两个多月，相处很愉快。我们先聊了下剧本，然后王墙就提议去看个场地。那个场地在城西的城乡接合部，靠近一个花木市场的地方，是一间空置的仓库。王墙说是他朋友的，可以免费使用。导演看了这个地方，先问我觉得怎么样？我说好，整部电影全放里面拍都没问题，就看王墙老师怎么置景了。导演又问王墙，你是不是已经有了自己的想法？王墙说，我想先听导演的。导演说，你先说，别让我的想法限制了你。王墙就说，那好，根据我对剧本的阅读，我觉得在这里搭一个夜总会的实景完全没得问题。他看了我和导演一眼，继续说，九〇年代的夜总会是一个象征体，或者说，是那个年代的一个梦境。这个景要很逼真，但又跟真实的夜总会有差异，有一种超现实的感觉。王墙说到这里，又转头看了我一眼，到时候我再跟张修老师沟通一下，这个梦境，或者说超现实的感觉在摄影上怎么表现？总之，我觉得导演要拍的这个电影在视觉上应该是很风格化的，不是写实的那种，不知我理解的对不对？导演听完王墙的话，毫不掩饰自己的激动，马上就点头说，对对对，这就是我想要的。我在旁边观察，觉得导演这个人很真诚，一点不世故，虽说是个新手，但给人有信任感，所以，没多做考虑，我就决定了与他合作。在谈到报酬的时候，导演问我一般是个什么价？他承认自己对行情完全不了解。我其实已经知道了他要弄的这个只能是一个低成本的片子，就没好说我的行价，正好我也想尝试一点新的东西，这部片子没有商业上的考虑，对创作的限制很少，可以任性一点，感觉上应该很爽，所以我就说，你随便吧，够生活费就行。

3

又过了两周，导演打电话给我，让我去看场地。王墙也在。我很惊讶，这么快就把上次构想的场景搭建起来了。如王墙所说，既逼真，但又不是写实的。他给我们解释，所有本来应该封闭的空间，比如包间，洗手间，音控室，办公室，我都没有封闭，它们都是开放的，与演出大厅以及吧台融为一体。这是一个夜总会，但又不是真实的夜总会。导演一边看，一边听，一边点头，看出来很满意的样子。我也一样，看到王墙搭的这个景，一下就有了一种创作的冲动。我对导演说，我想尝试一种新的拍摄方法，这个方法是你的朋友韩东之前想到的，就是一部片子全程都用无人机来拍摄。现在这个开放式的场景恰好适合这样的拍摄方式（无人机可以在所有场景之间无障碍地任意穿行）。这样无论是镜头的运动还是画面的构图都能够制造出一种陌生感，后期剪辑上也会有意想不到的效果。导演是个对艺术很敏感的人，几乎没有任何迟疑，马上就认同了这个方案。只是过了几分钟，他才回过头来问我，老韩会介意我们用他的这个创意吗？我说，你跟他说一下，应该没问题。他马上就拿出手机打了个电话。如我所料，韩东一口答应（原话是"好啊，喜欢就用，我们什么都缺，就是不缺创意，哈哈哈"），还说拍摄的时候他会抽时间来现场，把他的一些拍片心得与我们分享（他刚拍完根据自己小说改编的电影《在码头》）。

4

　　开机那天来了许多人,这些人一半是导演的朋友,一半是专门找来的群演。根据制片通告,第一场要拍的就是夜总会的开业庆典,大场面的戏,大厅、包间,都坐满了人,舞台上也有表演,导演的这些朋友正好可以充当夜总会的客人,酒也喝了,戏也演了,不亦悦乎。我让无人机在整个场地溜达了几圈,又找了几个固定下来拍近景和特写的机位试了试,跟灯光师和录音师做了沟通,也在对讲机上把我对现场的一些要求告诉了执行导演,让他去想办法解决和安排。无人机的好处是可以在全景(俯拍)、中景、近景乃至特写之间自如切换,如果需要长镜头跟拍,也很方便,没有轨道的限制。差不多一切就绪,只等导演喊"开始"的时候,我却没看见导演在什么地方,用对讲机呼叫,也没回应。隔了一会儿,执行导演急匆匆地跑来,压低声音对我说,导演不想拍了,你去跟他沟通一下,劝劝他,不然场面会失控。执行导演说"失控"两个字的时候,略微提高了一点音量,看得出来他很焦急,但又无可奈何。我转了一圈,在靠近洗手间的位置,即那个取名为"夏威夷"的小包间里找到了导演。他看上去情绪低落,颓坐在沙发上,那只垂放在大腿上的右手,半握着,仿佛握了一把用来自杀的左轮手枪。隔着茶几,我坐在他对面,看着他,没说话,先给他递了一支烟,点上,让他抽了几口,才小心地问了一句,是身体不太舒服吗?导演摆了摆头,又推了推鼻梁上的近视眼镜,说,不是身体的原因,跟身体没有一点关系,是想法问题,具体地说,是剧本有问题,不尽如人意,得修改。我问,改动大吗?导演说,应该挺大的,我对整个剧本可以说都不太满意,感觉很糟糕。他说到这里突然停了下来,不再继续说下去,只抽烟,眼睛看着地毯上的某个地方,看得既专注又迷茫。我没有插话,静静地等着,等他继续往下说。过了一会儿,他果然又说,按这个剧本拍下来,这个电影没什么意思,人人都拍得出来的那种。无人机拍摄这个想法很好,你看,问题就出在这里,我的剧本是按固定机位写的,一点不灵动,视角和结构都有问题,现在要用上无人机,就很自由了,但我的剧本却不行了,得重头来。他把烟头在烟缸里掐灭，这个动作似乎为了加强他说这番话的分量。我说，那是不是今天这场戏就不拍了？他扭头看了看外面，又有些犹豫起来，很无助的样子。我说，要不这样，今天开机，就当是请了朋友们来玩，酒照喝，舞照跳，我也跟玩似的拍一拍，练练手，留点素材，到时候你用得上就用，用不上也没关系，如何？他点点头，算是同意了。

5

我问导演，你要不要去陪你的朋友喝酒？他说不用，不想喝酒。我说那这样好不好，你跟我去监视器那里坐着，如果你突然有了什么想法，我们也好及时沟通。他答应了。我们便一起坐在了监视器前的椅子上。无人机现在正对着舞台，带一点俯视的角度。节目一个接一个上演。先是时装模特走秀。导演在旁边说，这个赶我当年从西安请来的时装模特队差远了。我有点好奇，问他差在哪里？导演不假思索地就回答了我这个问题，他说，差在性感上。我看了看监视器上正在进行泳装（比基尼）表演的模特，问他，你觉得她们这样还不够性感吗？他说，性感跟穿多穿少穿什么都没关系，而是人本身性不性感，是一种骨子里的东西，而这种东西，现在的人越来越少了。以前那个时候，不光是走时装的女孩，唱歌的女孩、跳舞的女孩，都有一种天然的性感。观众也是，看表演的人，喝酒的人，包括夜总会的服务员，都充满了这样的性感。你看看现在的人，看看他们的面孔。他指着监视器上的画面，无人机这时已将镜头从舞台移开，对准了台下那些喝酒看表演的人。他们哪怕在笑着，也是麻木的。他突然拉了拉我的手，下次，下次正式拍摄的时候，我想给这些人统统戴上一个面具，不同表情的面具，你觉得怎么样？他的这一灵光闪现，也一下激起了我的想象，这个很超现实，有梦幻感，我觉得行。我给他比了一个"赞"的手势。这一刻，他的情绪明显有了些好转，我及时地给他点一支烟，又问他，要不要来杯酒？他犹豫了一下，说，一小杯威士忌。我用对讲机告诉执行导演，给导演来一杯威士忌。执行导演问加不加冰？导演说，不加冰，纯的。

6

　　导演抽着烟,喝着威士忌,思维开始活跃起来。他说,其实夜总会没什么新鲜故事,除非有突发事件(警察光顾或别的治安事件),每天面对的都是周而复始的场面。就拿客人来说,每天见到的都是些老面孔,就是我们说的熟客,王总李总刘总,张哥周哥赵哥,昨晚是这些人,今晚差不多还是这些人。这些人的穿着打扮也都差不多,西装领带发胶头,连长相都不是那么好区分,性格上彼此之间也没太多的差异,这是因为,他们都是在晚饭的时候已经喝得差不多了才转场到夜总会来的,都是莫名的亢奋和夸张,话偏多,带着抒情的大嗓门,眼神闪亮而又迷离,相互勾肩搭背,经常站立不稳,总之就是非正常(也就是被我们的服务员称之为"疯子")的状态。他们进到夜总会不是先点酒水,而是对服务员嚷嚷着,去,把你们竺总叫来。他们喜欢让我知道他们又来了,其目的或者是真心把我当朋友,当兄弟,或者只是想在他们的朋友或客户面前炫耀,他们认识这里的老总,他们是这里的常客,因此(暗示朋友或客户)可以放开了在这里玩,包括胡闹。有一天我看见一楼咖啡厅的一个玻璃隔断被打碎了,我问是怎么回事?服务员告诉我,是你的朋友秦总昨晚上离开的时候用他的大哥大砸碎的,并没有人惹他。当天晚上秦总又来了,付了赔偿费,说昨晚上自己喝醉了,不好意思。我说没关系,是我昨晚上走早了,没把你陪好。我其实走得也不算早,晚上11点过吧,而许多人是要喝到深夜两三点的。还有客人干脆在包间睡了,睡到第二天中午才回去。我一到晚上营业时间,就开始陪这些人喝酒、说话。从这一桌陪到那一桌,从这个包间陪到那个包间。人家喝洋酒,我就喝洋酒,人家喝啤酒,我就喝啤酒,总之人家喝什么我就陪着喝什么,每天深夜或凌晨回家的时候,都是醉醺醺的,进门就直奔卫生间呕吐。我曾经是个在陌生人面前没话说的人,但搞了夜总会之后,我成了一个话多的人,跟谁都可以侃侃而谈,没话找话,见人说人话,见鬼说鬼话。来夜总会玩的客人都是很自负的,加上来之前已经喝了酒,处于半醉状态,说话的口气比平时就更加夸张。但其实那些滔滔不绝貌似惊人的话语都没什么实际意义,都是说了就忘了的酒话、废话。没人真正想在夜总会这种场合交流思想,说话不过是为了活跃气氛,挥发体内的酒精而已。那几年陪了无数的客人,喝了无数的酒,说了无数的话,但让我记住说话内容的只有一次。那是个台湾商人,我不认识他,是我认识的客人带来的,我被叫过去陪酒。这个台湾商人四十多岁的样子,仅从穿着打扮上也看不出跟我们有什么区别,但一开口说话,区别就出来了,跟大陆人不一样,虽然也喝了酒,看情形喝得也不少,但说话的语气、语调和节奏却十分的舒缓和平实,没有夸张,更不疯癫,热情之中不失理性和礼貌。当陪同的几个人都在恭维他生意做得好,做得大,轮番向他敬酒的时候,他用谦逊、诚恳的语调说了一句话,男人嘛,活着干什么,就是为了挣钱。就这句话,让我印象深刻,记到了今天。那几年,借助夜总会这个场所,我几乎把这个世界上形形色色的人集中地见了一遍。平心而论,我不讨厌他们(虽然很多时候我也深感无聊,就像一位知己曾经说的那样,我人在那里,但其实心不在那里,跟那个环境格格不入)。那是一个有点混乱的年代,但同时也是一个充满朝气的年代。每个我在夜总会见到的人都被体内的酒精和欲望膨胀着，每个人都感觉自己身上有无穷的力量，不仅现在是属于自己的，未来也是属于自己的，因此他们才有底气敞开地吃，敞开地喝，毫不掩饰地搂着女人展示自己的强大。有一个从海南回来的人，是我朋友的朋友，每次来夜总会他都要点几个小姐陪他喝酒，而且总是要喝到深更半夜，其他客人都走了，只剩下他那一桌，整个夜总会都为他服务，大厅的服务员（他总是坐大厅不坐包间），吧台的吧员，音控室的音控员，收银台的收银员，都得留在岗位上，陪他一起熬夜。好在他挺大方，或者说不把钱当钱，不仅给小姐小费，也给服务员、吧员乃至收银员等所有在场的人发小费。感觉他到这里来就是为了花钱的，花钱是他最高兴最享受的事情。我曾经问他，除了到夜总会玩，还有没有别的爱好？他说没有，他不喜欢赌博，不吸粉，除了夜总会，就没有其他地方花钱花得这么快、这么爽。他也从没带小姐离开过，他说自己并不好色，有她们陪着帮他多喝几瓶酒就可以了。我一个人毕竟喝不了多少嘛，他说。但后来有一天，他突然就没出现了。我问我朋友，朋友说，犯了点事，进去了。我其实对他是比较有好感的，除了不太喜欢他喝到深更半夜之外，其他方面他都是一个守规矩的人，不赖单，不赊账，不骂服务员，也从不对身边的小姐动手动脚，很绅士的那种。也有专门冲着女人来的，一来就要包间，要小姐。有个做汽车销售的老板，姓龚，我叫他龚总。他几乎都是一个人来，穿一件银灰色的西服套装，打一条红色的领带，胳膊下夹一只大哥大皮包，一来就问还有包间没有？服务员说有，他便一边往包间走，一边对服务员说，老规矩，先找几个来看一下。他不喜欢重复，找过的小姐他一般不再要，除非那天实在是没有新面孔，才勉强来份回锅肉（龚总语）。所以，他跟这里的很多小姐都认识，小姐们都叫他老龚（谐音"老公"）。据小姐们说，老龚就是那种有点变态的男人，他找小姐主要是听他聊天，他把小姐抱在怀里，讲自己童年的故事，从童年讲到少年，从少年又讲到青年和中年，讲他的恋爱史，讲他在那方面如何威猛，搞过多少多少女人，又是如何受女人欢迎，中间还间杂一些人生经验之谈，顺便教给小姐一些为人之道。被他叫过一次的小姐都害怕被叫到第二次，听他说话像去受刑。神经病，她们这样评价他。好在他也不喜欢重复，一般不会叫第二次。所以，他也经常会先给这里的妈咪打电话,问有没有新货,有就来。他也没说没有就不来了。妈咪为了生意,都说有,给他留着。有一次他又穿着西装打着领带夹着他的大哥大包包来了,但说好的留给他的小姐却没有留住,剩下的都是他之前点过的。他很生气,来找妈咪解决。妈咪当时正跟我在大厅坐着喝酒,同桌的还有我的一个朋友,电视台的琦哥,以及妈咪的一个朋友,名叫婷婷。龚总走过来就质问妈咪为什么不守信用?妈咪马上站起来挽住他的胳膊,用讨好的嗓音老公老公地叫着,别生气,是我错了,但确实是给你留了的,是我昏了头,不知怎么搞的就被别的客人点去了,对不起啊老公,原谅原谅。说了一堆好话,又建议他今晚将就一下,另外点一个。龚总根本就不听,坚持要妈咪再给他叫一个,不管他从哪里叫,反正要是他以前没点过的。妈咪连连叫苦,都这时候了,所有夜总会的小姐该上钟的都上钟了,哪里还有空余的可以调配过来?正说话间,龚总就看见了和我们同桌的婷婷,妈咪的那个朋友,眼前顿时一亮,指着她说,就她,她可以。妈咪哭笑不得,说这是来找我玩的朋友,人家不是做这个的。但龚总不信,说妈咪在骗他,这婆娘绝对是小姐。我当时生怕妈咪的朋友难堪，连忙站起来打圆场，拉住龚总的手，想把他拉走。但他甩开我，不依不饶，咬死说婷婷就是小姐，他今晚就要她陪。婷婷那天穿了一件白色毛绒短大衣，颈部和胸部露出的皮肤也跟绒毛一样的雪白，据说刚生过小孩，身材还没完全复原，显得丰满了一些，但却不失少妇的风韵。我的朋友琦哥有点看不下去了，觉得这个人很讨厌，是个二百五，就站起来要帮婷婷出头，用手中拿着的大哥大指着龚总说，你马上走，再闹就弄死。龚总听说要弄死他，更来劲了，凑到琦哥面前问琦哥，你想怎么弄？保安也过来了，没立即动手，而是看着我等我发话。事情眼看就要闹大，这时婷婷说话了。她稳稳地坐在椅子上，一点也不慌张，也没因龚总的冒犯而生气，而是缓缓地、面带笑容地说，好大回事嘛，龚总想喝酒，没问题，我陪龚总喝就是了。说完，就站起来，拉着龚总的手，离开大厅，去了龚总的包间。她解了我们的围。我对妈咪说，你这朋友挺仗义的，替我谢谢她。妈咪说，那当然，人家什么场合没见过？原来婷婷也是下海捞过世界的人，是妈咪以前一起跑深圳做夜场的姐妹，后来嫁了人，不做了，过起了全职太太的生活。那天全靠婷婷"救场"，我们算是化解了一个麻烦。但那个龚总自己却麻烦了。据说就那天跟婷婷喝了一次,魂就被勾走了,离开夜总会的时候,眼神都是散的。这之后每天都跑来夜总会,也不点任何小姐,就要妈咪帮他联系婷婷,无论妈咪如何解释婷婷已经不做这个了,他就是不听,任性得像个小孩。妈咪也是见过世面的人,有一天她实在是被龚总纠缠得鬼火冒,就问他,你承认你是爱上她了?龚总说,那当然,完全不能自拔,绝对是真爱。妈咪一拍手,好,那你告诉我,愿不愿意跟她结婚?龚总愣了一下,她不是说她有老公的吗?妈咪说,她是有老公,但如果你愿意跟她结婚,且开出的条件不错,她也可以跟老公离婚,怎么样,你愿不愿意?龚总不说话了,借口公司还有事,想走。妈咪这下就开始发飙了,爱你妈个铲铲,说到结婚就怂了,快给老娘爬,滚!龚总那天很狼狈,真的就是滚出去的,之后再也没在我们夜总会出现过了。

7

导演说到这里,停了下来。杯中的威士忌已经喝光了,他端着那只空杯子，晃了晃，亢奋的情绪像拐了个弯，突然低落下来。他放下杯子，说，这样的故事在夜总会还有很多，听起来也比较有趣，但我知道，这些故事一旦拍出来就一点意思都没有了，并不是我想要拍的那种电影。

8

这次开机仪式过后，我又见了两次导演，希望了解他下一步的拍摄计划。但他好像没什么主意，还在拍什么和怎么拍的问题上纠结。我们一边喝酒一边聊，我就问他，还有没有你印象特别深的故事，讲来听听。他想了想，说有个故事，之前剧本里没写，有点荒诞，你听听，看可不可以放进去？我说好，你讲来听一下。

9

比如夜总会第一次被踩。"踩"是当时的一个行话，即被警察突击检查并抓住现行之后所给予的处罚,他解释说。那是我们开业一个月之后,生意还是那么好,好到场场爆满,没有一个多余位子的程度。但一直这么好,这么火爆,我心里反而紧张和害怕起来。这有两个因素,一是可能遭到其他夜总会的嫉恨,从而被举报。二是即使没人举报,生意太好也会引来警察的注意,比如看你门口停的车多,就跑来踩场子。踩场子的目的就是为了罚款。你生意好才来踩你,因为你交得起罚款,生意不好踩了你也没用。那天晚上快零点的时候,大厅的客人只剩下两三桌,但几个包间是全满的,突然有服务员跑来告诉我,有条子朝夜总会来了。我马上离开办公室,朝大门口走,想把他们先堵在门口,以腾出时间让服务员疏散包间的客人。我到了大门口,问他们是哪里的,想干什么?领头的一个说,他们是分局治安大队的。我不相信,因为昨天还和他们大队长吃过饭,他怎么会派人来踩我呢?我就说我不相信,要他拿证件和搜查令出来看。他冷笑一声,你港片看多了吧?他一把推开我,带着一群人拥进大门,并直奔包间而去。这下没什么说的,我们在每个包间都安了小姐,自然被抓了个现行。我赶忙给张哥(治安大队大队长)

打传呼，传呼不回，便直接打到他家里，他老婆接的电话。我说嫂子你好，我是竺某某，不好意思，深更半夜打搅你，张哥睡没有，我有急事找他。张嫂说，张哥不在，出差了。我问到哪里出差了？张嫂说，到乐山。我挂了电话，但我敢肯定，张大汉（张哥的外号）此时就躺在张嫂的旁边，脸上挂着轻蔑与得意的笑容。没办法，我只有看着他们把客人从包间带走。而且，我也和几个小姐一起被带到了分局。我在里面待了一个晚上，第二天上午，公司送来罚款，才把我放出来。自从夜总会被张大汉的治安大队踩了一次之后，我就觉得张大汉是靠不住的了，需要想点办法，找另外的途径，保证夜总会能够安全运营。这个时候，我通过一个朋友认识了汪俊，我后来叫他俊哥，是市局一个科级侦查员。我们见面一聊就很投机，有点相见恨晚的那种感觉。倒不是因为我们都戴了一副近视眼镜，看上去像个知识分子，而是我们在很多爱好上确实有一些共同的语言。比如他喜欢看电影，尤其是谍战片，我也喜欢。他喜欢诗歌，虽然自己从来不写，而我正好算是一个诗人。他喜欢听李伯清的散打评书，我也是李老师的忠实粉丝。我们一起背李老师的那些段子，李老师上公共厕所，被守厕所的阿姨认出来了，阿姨说，是李老师啊，收啥钱哦，李老师随便屙，不收钱。哈哈哈。就这样，我们达成协议，市局那边有什么行动，他提前给我通报。那时传递信息的工具就是传呼机，数字显示的。我们一起编制了一套密码，比如333代表可能有行动，444代表肯定有行动，000代表行动取消。还有一些无关紧要的密码，我现在都忘了。总之，我们就这样开始了一种类似于"地下情"（情报的情）的关系。一般是，我收到他发来333这个信息，就告诉妈咪，今晚谨慎一点，先不忙上小姐，等一等，观察一下再说。如果接下来我收到的是444这个信息，就会告诉妈咪，今晚绝对不能上，小姐们可以回家休息了。这样过了一段时间，虽然333和444的虚惊不断，但的确再没出过什么事情。有一天，我收到他的传呼，约我跟他见一面。我虽然不知道他约我见面的具体意图，但还是准备了一个红包揣在身上。先是按他的指令，我到了磨子桥街口的一个报亭，报亭那里有公用电话，等了十多分钟，又接到他的指令，让我继续往北走，到新南门汽车站。我到了新南门汽车站，他已经等候在汽车站入口处左侧的一个柱子旁边，尽管他穿了带帽子的风衣，还戴了墨镜,我还是一眼就把他认了出来。我跑过去,正要招呼他,他马上把一根手指放在嘴唇上,做了一个让我不要说话的动作。我只好一言不发地走过去,到他跟前的时候,把头偏向一边,假装整理自己的衣领。他压低声音对我说,别出声,跟在我后面走,说完就自顾自地埋着头往前走。我在他身后几步远的地方跟着他,进了汽车站的入口,从一楼的候车大厅,又跟着上了二楼的候车大厅。看见他在一张椅子上坐下来,我也走过去,在他背后的一张椅子上坐下来,背对背地和他说话。他轻声而又简洁地说明了此次见面的目的,即最近一个月都不要轻举妄动,他们有一个全市性的大动作。我要求他说得再具体一些,他有点不耐烦地说,是市局的统一部署,扫黄打非,别的就不要多问了。我说好,谢谢俊哥。然后就把早已准备好的红包反手塞到了他的手里。他拿着信封吃了一惊,这是什么?我说一点小意思,请俊哥不要嫌弃。他马上把信封塞了回来。你拿回去,他语气有些生硬地说,搞什么名堂,把我当什么人了?记住,到此为止,我们今后不必再联系了。说完,不容我有任何解释,站起身来,毫无挽回余地地就走了。之后我多次打他传呼,他都不回。这个事情我跟总公司涛总讲过,涛总分析说,这个人可能真不是为了钱,是想过瘾,是个神经病,有妄想症,估计是谍战片看多了吧。

10

哈哈哈,我端起酒杯,敬导演。我说,这个故事好玩,我觉得你可以考虑,把它放进电影里。他喝了一口酒,好像是受到鼓励,就说,还有个故事,你要不要听听?我说,好,你讲。

11

当初开业的时候,我从重庆请来了一个乐队。那个乐队的名字叫"狂"。当时他们这帮人正在尝试戒毒,想离开重庆,换个环境,所以没提任何条件,就跟我们签了三个月的演出合同。乐队主唱叫许威廉,是个比较沉默寡言的人,平常的表情始终带着一些忧郁。当然他一上舞台，又是另一种很"狂"的状态。作为主唱，他是这个乐队的灵魂人物。而且据我所知，整个乐队只有他是真心实意想要戒毒，而且也只有他戒掉了。其他的人，无论许威廉怎么骂都没用，就是戒不了。我还通过关系从空军医院给他们搞过几次杜冷丁，以保证他们能够顺利演出。他们的演出一开始就受到夜总会员工的喜爱，尤其有一首叫《BIBI》的歌曲，特别受欢迎，没几天人人都会唱了。但夜总会的客人却是不一样的反应，觉得太吵闹了，很反感。这些客人多数是商务人士或公务员，对摇滚乐不太接受，有抵触。为了平衡一下口味，我就让许威廉他们唱一点流行歌曲，安抚一下客人。这个工作很不好做，他们不想唱流行歌曲，觉得自己是摇滚歌手，唱这些甜腻腻的东西是一种耻辱。他们只想唱自己的。后来反复做工作，终于达成协议，开场和结束他们唱自己的，中间都唱流行歌曲。虽说是有了这样的协议，但实际上，他们唱一两首流行歌曲，就会情不自禁地又唱回自己的摇滚，声嘶力竭，震耳欲聋，他们（也包括我们的员工）倒是畅快了，管大堂的经理却被客人骂爆了头。他只得随时去灭火，去告诉他们，理解一下，配合一下，下一首一定温柔一点。其实许威廉他们也说得对,他对我说,你知道我们是玩摇滚的还要请我们来,请来了又不让我们唱自己的,这不是很矛盾吗?是矛盾,我承认。我还用我们公司的名字自嘲了一下,我们公司的的确确就叫"矛盾公司"。但我说,我也没有预计到客人对摇滚的抵触会这么大,我自己是十分喜欢摇滚的,这不假,但我作为夜总会的经营者,也不想得罪客人,影响生意,是吧?许威廉对我的苦衷也表示理解,他们留下来,最终完成了合同期内的演出。我们给他们在夜总会后面的一个小区里租的房子,是一个三居室的套房,开业的时候,我们也从重庆请了一个妈咪,带了几个重庆的小姐过来,跟许威廉他们住在一个套房里,现在想来,这也算是给他们乐队的一个隐性福利吧,多少抚平了一下强迫他们唱流行歌曲而造成的内心创伤。他们临走前的最后一场演出,出现了一个意外的情况,就是演出到三分之二的时候,场内的灯光突然熄灭了,我开始没反应过来,以为是跳闸了,结果是员工们自作主张地关了灯,然后手握一支支蜡烛,跟着乐队一起摇摆,一起唱那首《BIBI》,以表示对整个乐队的惜别之情。我没有责怪员工,因为我也被感动了。后来,我还送了一套万夏主编的《后朦胧诗全集》给许威廉，作为我们相处这段时间的纪念。

12

导演说完，陷入了沉思。而我也一下想起来，曾经看过成都本地一家电视台的节目，许威廉在节目中接受女主持人的访谈，提起过早年他在成都一家夜总会驻场演出的经历，说那是诗人开的一家夜总会。没想到就是导演你啊，我羡慕地对他说。我觉得，故事本身还是很有意思的，但作为电影，效果上可能不及之前的那个故事，就是"地下情"的那个故事，那个更电影一些。导演想了想说，也是，所以之前也没把它写进去。

13

这之后，我常常被导演叫来这里喝酒、聊天。他已经住在这个搭起来的假的夜总会里了。他说，这能够让他回忆起以往的那些情景，有利于剧本的创作。常来陪他喝酒的还有导演以前的一些老朋友，或者做夜总会时的老部下。一天，导演给我打电话，让我过去见一个人，一个曾经在夜总会跳舞的女孩，跟她聊一聊，听听她的故事。我说好，放下电话我就去了摄影棚。导演已经视我为这部电影最紧密的合作者了，不仅仅是个摄影师。他希望我跟他一起解决这部电影拍什么和怎么拍的问题。那个女孩姓唐，叫唐欣怡。虽说导演称她为女孩，但我知道，那都是二十年前的女孩了，现在应该是四十多岁的中年女人，所以见面之前我就做好了见一个中年女人的心理准备。但那天下午，在摄影棚见到这个叫唐欣怡的女人之后，我还是大大地吃了一惊，完全出乎我的意料，这个女人一点儿不显老，身材匀称，皮肤光洁，精致的五官，其间不见一丝皱纹，看上去仍然是二十多岁的样子，就算继续称她为女孩也不过分。她穿了一条紧身的牛仔裤，一件吊带黑色T恤，黝黑而浓密的头发扎成一条马尾，坐在椅子上的姿态始终像是提着一口气，这大概是舞蹈演员的一种职业习惯吧。导演为我们相互介绍了一下，就说你们随便聊吧，他有事要出去一下。他可能是有意回避，想让女孩更自在一些。由于是第一次见面，我们先聊了一些无关紧要的话题，主要是拿导演过去在夜总会时候的逸闻趣事开涮，暖暖场，渐渐地聊开了，才转入正题。我说，很想听听当年你在夜总会跳舞的故事。她埋下头，沉默了几秒钟，然后抬起头来，笑了一下说，竺哥是我的恩人，当时我刚生了小孩，需要钱，竺哥给了我机会，既然是他安排的，让我给你讲一讲当时的情况，我肯定不会拒绝，也不介意你们把我的故事编进电影里。说完，她端起茶杯抿了一口茶，又提了提气，像是在酝酿一种讲述的情绪。我也朝她拱了拱手，多谢了，唐姐。然后，点了一支烟，听她的讲述。

14

我和我老公都是专业剧团的舞蹈演员，那个时候靠剧团的工资生活还是多紧巴的，为了增加收入，便一起到各个夜总会串场子，跳双人舞，竺哥的夜总会就是其中之一。我们在夜总会跳的都是表现爱情的那种双人舞，在肢体上有很多亲密接触，带有一点点情色的意味，但算不上是艳舞。说起来真是蛮辛苦的,一晚上要跑好几个场子。除了在舞台上表演以外,我们有时还会被客人点到包间里去表演。有一次,客人要点我单独去包间,我当然不愿意,而客人又非要点我不可,僵持起来,竺哥就把我老公叫到一边,做他的工作。然后我老公就回来做我的工作。那时候我们不仅有了小孩,还按揭了一套房子,确实需要多挣点钱。在夜总会,大厅跳一场是两百元,进包间如果跳双人舞是四百,假如我一个人跳独舞,就是一千元。我问老公真的希望我去吗?老公没说话,过来抱了抱我,但意思很明显,他希望我去。我又问竺哥,是随便跳,还是有什么附加条件?竺哥说没有附加条件,你自己想怎么跳就怎么跳。我虽然答应了,但内心还是有些委屈,至于委屈什么也说不清楚,毕竟老公同意,我自己也愿意。委屈归委屈,作为一个职业舞蹈演员,跳的时候我还是很敬业的。客人也很满意。后来几乎每晚上都会接到进包间去跳的单子,有时候一晚上还被点到两次、三次。这样一来,收入远远超过在大厅的表演,倒好像我们在大厅的表演只是为了吸引客人点我进包间的一种招揽了。我在包间表演的时候,老公就在大厅吧台自己点一杯酒喝。我没问过他是什么心情，他当然也没主动跟我说过。有一天，我跳完舞从包间出来，去吧台找他，他旁边居然坐了一个化着浓妆，穿着很暴露的女孩，我一看就知道是怎么回事。我很生气，这个委屈我不能受。但我还是克制着。我走到他们身边，从包里掏出一百元钱递给那个女孩，告诉她，这是帮我老公付的小费，你现在可以走了。老公却一把挡住我的手，不让我给钱。他说，想侮辱我给不起小费吗？想侮辱这位小姐吗？你以为你自己有多高贵？我有钱，要给我自己给。我看他已经喝醉了，本来不应该在那样的场合与他发生争执，但我实在控制不住心中的怒火，便打了他一个耳光。他觉得自己在大庭广众之下丢了面子，也毫不留情地打了我。还好，竺哥及时跑来把我们拉开了。这件事差点导致我们离婚。不过，那以后我反而在心里放开了，再不觉得自己在包间跳舞有什么委屈。而且，他也不跟我搭档跳双人舞了，我说那我一个人去夜总会你同意吗？他说有什么不同意的，反正你挣得比我多，想去就去。其实我知道他内心是不想我去的。但听他那样说，我就偏要去了，有点跟他赌气的意思。有一次我在包间跳舞，跳的是印度舞，跳着跳着，右边的肩带突然断了，胸罩垮到一边，露出半个胸脯。本来我可以中断表演的，但我没有。我只是用手在右边捂了一会，继续跳，跳着跳着，也不知道我是怎么想的，索性放开手，不管那么多了，就让它那样裸露着，跳完了整支舞。可想而知，看的人很兴奋，除了加倍鼓掌，还额外给了五百元小费。这本来是一次事故，但我却从中发现了商机。我去跟竺哥商量，可不可以增加一个在包间跳熄灯舞的节目？顺便说一下，我在包间表演所得的报酬是要跟夜总会分成的，我得八成，他们得两成。竺哥看着我，问我真的想好了？我说想好了。他说，那就试一下吧。所谓熄灯舞实际上就是脱衣舞，当脱到只剩内衣的时候，灯就熄了（有服务员专门在包间操作开关），然后客人便划燃手中的火柴继续观看。火柴是夜总会特制的，比普通火柴长一点，粗一点，两百五十元一根。就这样，我开始在夜总会的包间跳熄灯舞。

15

跳了多久？我问她。跳了两个月，她说。这期间有没有发生过不愉快的事情？有，当然有。她说，印象最深的有两次，一次是有一个客人，也许他喝醉了，也许本性就是个流氓吧，在我表演的时候，跑上来动手动脚，我一怒之下打了他一个耳光，他不但没就此放手，还变本加厉地耍起了酒疯，继续非礼我。包间的服务员跑出去及时地叫来了保安，这个流氓，他还动手打那个保安。这时竺哥赶来了，身后还跟了保安部长，竺哥问那几个随同来的客人，是你们自己动手制止他，还是让我们动手？那几个随同来的客人还算知趣，就一起上来把那个流氓拉开了。竺哥又说，你们现在必须消失，以后也不准再来，否则见一次打一次。事后，竺哥对我说，要不就别在包间跳了，回大厅跳吧？我虽然也很委屈，但还是坚持说，没事，这也不是经常碰到的，我不想就这样放弃。嗯，我当时是太想挣钱了。另一次，是警察突然闯进来，把我和客人一起带到了派出所。警察说，我这行为跟卖淫差不多，要么交罚款，要么收容劳教。我当时眼泪包在眼里，但就是不让它流出来。我说，我不是出来卖的，我是舞蹈演员。那警察就笑了起来，你还认为你那是艺术？他这一问让我哑口无言，我也不认为自己这个就是艺术。这时候，我的眼泪才掉下来。他见我哭了,好像心软了一些,对我说,罚款就是一万块,收容劳教的话,半年一年都有可能。我说我没有那么多钱。他又笑了,说,那你就等着被收容吧。我当时不知道,那天竺哥也被带到了派出所。做笔录的时候,我被问到跳熄灯舞是不是夜总会安排的?我否认了,我说是自己的个人行为。这个我是知道的,如果我说是夜总会安排的,性质就变了,夜总会就脱不了干系,我本能地觉得,不应该给竺哥添麻烦。我在笔录上按了手印后,就没人理我了,孤零零地被关在一间办公室里。我很困,就倒在椅子上睡着了。也不知道睡了多久,有人喊我,还用手拍了一下我的脑袋,我一下惊醒,看见面前站着刚才那个警察。你可以走了,他说,有人替你交了罚款。我走出派出所,才看见竺哥就站在外面。我很惊讶,问他怎么来了?他笑了笑说,跟你一样,坐警车来的。我一下就明白了,问他,是不是你替我交的罚款?他点了点头。我又问,真的交了一万?他说,哪有那么多,他们吓唬你的,就两千。我感谢他,并说这个钱我会还给他的。他说,还什么钱,还得感谢你,给你发奖金才对。我问为什么这么说?他就说,你很仗义,很懂事,没说错话,这等于给夜总会省了一大笔钱。我这才知道，如果我说错了话，夜总会就得交五万的罚款。竺哥的司机已经等在派出所门口，他让司机送我回家，自己打车走了。临走时，他告诉我，这个舞就不要跳了，想想别的办法吧。那以后，就再没去他的夜总会跳了，但别的夜总会还是去的，不过又像以前一样，跟老公一起跳双人舞。开始那两年，跟竺哥还有联系，偶尔也约着一起吃个饭。后来他的夜总会关门了，听说他也回家写作去了，联系得就少了。前两天突然接到他的电话，才听说他要拍电影，而且是关于夜总会的，让我来跟你聊一下，讲讲自己的故事，他也在电话上说了，如果我不愿意讲，可以拒绝，但我没理由拒绝，我也希望他能够把这部电影拍出来。人都有自己的梦想，是不是？

16

话说到这里，导演就回来了，留她跟我们一起吃晚饭，但她说家里还有事，改天再约，便告辞了。导演问我聊得怎么样？我明白他想问什么，就直接回答说，她讲的故事很有画面感,但拍出来可能审查通不过。他说没关系,反正也没打算公映。听他这样说,我有点惊讶。我问他,不公映,拍这部电影的意义何在?他说,主要是想借助电影,思考一些问题。我问,思考什么问题?他一下就笑了起来,说,这只是一个说法,并不是你想的那种思考,没那么深刻和严肃。话说到这个份上,我也就没好再继续追问下去。说实话,与一个不知道自己究竟要拍什么的导演合作,是我职业生涯中最奇怪的一次经历。按理说,我应该找个借口走人,以便接手新的活儿。而这期间,的确也有几个制片人找过我,问我有没有档期,我都说手里正有个电影在拍。我也很奇怪,自己为什么会心甘情愿地跟他一起耗时间?可能是导演本人的魅力,还有夜总会这个题材让我有些好奇吧。与他喝酒聊天的时候,常常被他出其不意的的话语所激发,让我这个一向沉默寡言的人也变得滔滔不绝,而他不仅不打断我,还很认真地倾听,这让我很感动。我觉得,他的那种不确定性,不知道自己要拍什么的犹疑,这里面反而有许多可以自由发挥的空间。我甚至认为,就算这部电影最终拍摄不了,但我们谈论这部电影的过程已经让人很享受,我没有理由放弃。

不久，我租住的房子到期了，为了节省开销，我也搬到了摄影棚，跟导演住在一起。在与他朝夕相处的日子里，除了喝酒聊天，语言交流（导演把我们两人的聊天称为"神仙会"），我也在默默地观察他，就好像自己是一台摄影机，跟拍着他的一举一动。而他似乎并没发觉有这样一个"镜头"的存在，自顾自地按着自己的方式举手投足，毫无表演的痕迹。

17

通过观察，我发现导演这个人既复杂又单纯。不喝酒的时候，话不多，即使说话，也比较温和，分寸拿捏得很准，显得很有城府的样子。但一旦喝了酒，像变了个人，不仅话多了起来，且言辞跳跃而犀利，让人要么感到莫名其妙，要么就觉得自己受了伤害。他说夜总会曾经有个员工，叫马东，是个有点智障的人，在吧台做见习吧员，其实就是洗洗杯子替吧员打打下手的杂工。吧台的人都很照顾这个有点残疾的人。他开始也很同情，但后来，就有点烦了，原因是，他说什么马东听不懂，马东说什么他也听不懂。他特别不能容忍这种语言交流上的障碍。本来，他也可以跟马东这一层级的员工不接触的，但偏偏马东喜欢跟他接触。马东没在外面租房子，为了省钱，晚上就住在夜总会的包间里，所以，他每天午饭后到夜总会，碰到的第一个员工就是马东。而每次看见他，马东都要毕恭毕敬地站下来，先鞠一个躬，然后语词含混但不乏诚意地喊他一声"竺总"，开始他也会站下来，跟他聊一聊，但发现根本聊不到一起，以后碰到马东喊他"竺总"，他也就含混地"嗯"一声，应付过去。但好多次，他进厕所，正在小便，冷不丁有人叫他"竺总"，并慎重地问候他"中午好"，或"下午好"，他转过头去，才发现马东也在旁边小便，让他既尴尬又气恼。更过分的是，每次看见他一个人坐在大厅，马东都会自作主张地给他调一杯所谓的鸡尾酒，端过来放在他面前，请他品尝，眼神中还带有某种期待。他开始只是以为他在讨好他，没怎么在意，只是告诉他，自己不喜欢喝这东西，下不为例。但马东根本就没听懂（或者根本不在意）他的"下不为例"这句话，照常给他端鸡尾酒过来，每次还都要满怀期待地看着他喝完。有一次他终于毛了,告诉马东,作为一个见习吧员,你没有资格调鸡尾酒,更不能用公家的鸡尾酒来讨好上司。把马东骂走之后,他又把吧台长叫来,问他马东是怎么回事,没给他交代这里的规矩吗?吧台长先自我检讨,然后趁机为马东求情,说马东这样做是想请竺总考虑,他可不可以从见习吧员升为正式吧员?他反问吧台长,你觉得呢?吧台长说,我觉得可以考虑。他想吧台长都这样说,那就行吧。但事实证明,马东作为一个正式的吧员根本不合格,他调的鸡尾酒频频遭到客人的投诉。他找来吧台长,让他把马东开了。吧台长不同意,马东是他带来的人,他要罩着他。除非你把我也开了,吧台长给他来了这样一句硬话。这当然让他很不爽,但也不能因为这样就真的把吧台长也开除了。后来他终于找到一个机会,把吧台长和他带来的所有人(包括马东)都开除了。起因是,夜总会打烊之后,吧台长带着他的人出去吃火锅,吃到凌晨两三点,觉得晚了不想回家,又一起闹哄哄地返回夜总会,准备在包间过夜。但守门的两个保安不给开门,他们就在外面一阵乱骂。保安被骂得火冒三丈,开了门,便打了起来。他们依仗人多,把两个保安打得头破血流。保安虽然在夜总会领工资，但其实不算夜总会的员工，而是派出所提供给我们的，属于派出所管辖下的保安公司。所以，导演说，他们就直接跑去派出所告了状，当天晚上，派出所就来人把吧台长连同所有吧员都抓到派出所去了，等我接到通知，已经是第二天上午。我去派出所接他们出来，发现他们一个个鼻青脸肿的。我送他们去医院，付了医药费，但同时也对吧台长说，你们走人吧，这事没得商量。后来又招聘了一个吧台长，这个人看上去很老实的样子，但其实很不老实，不仅私下贪污吧台的酒水（与服务员勾结，自己买洋酒、咖啡和香烟进来卖，卖的钱不入账），还和我的女秘书乱搞（这家伙已经有老婆了），当我察觉之后，还没来得及处理他，他已经带着这个女秘书不翼而飞了。后来听说他们去拉萨自己开酒吧去了。这些年，我常常在思考一个问题，夜总会为什么会倒闭？想来想去，都没有找到满意的答案。

18

他这些话是在喝酒的时候说的。那天喝酒的时候，还有一个也是他称为女孩的女人，名叫小云，是当年夜总会的坐台小姐。我对小姐没有偏见，从来都是将她们当同事看待，是一个战壕里的战友，他笑着说道。小云也证实了竺总当年确实很照顾她们，对她们没有丝毫的歧视，姐妹们私下都很感激他。我突然想起了，之前导演拿给我看的剧本，里面就有小云这个人物。其中有三场比较重头的戏。一场戏是，小云有一个男友，小云骗他说，自己是在夜总会当服务员，男友一直不太相信，这天就跑来夜总会查岗。小云看见男友进了夜总会，就躲了起来，并哭着向领班求情，让借一套服务员的衣服给她穿。领班不敢擅自做主，带她去见竺总，竺总一口答应，让她跟一个身材相仿的服务员换了衣服。小云穿上服务员的衣服后，便出来见男友，但男友还是不相信，说有人看见她是在这里坐台。她越是辩解，男友越是来气，抓住她的头发使劲地拽。这时竺总过来，叫保安把她的男友拖出去。一个吃软饭的家伙还这么嚣张，拖出去打，竺总对保安说。小云又转过来求竺总，不要打她男友，她男友身体不好。竺总说不打也可以，但要他保证以后不再到夜总会来，否则来一次打一次。还有一场戏是，小云和其他几个姐妹在包间陪一帮北京来的客人，这帮人高谈阔论，动作粗鲁，其中一个客人开口闭口称小云为傻逼。小云忍了几次，终于忍不住提醒他，自己有名字，叫小云，请他尊重自己的人格。这客人听小云这样说，哈哈大笑，你这小傻逼还有人格？其他人也跟着笑。小云一下就毛了，你他妈才是个傻逼，并把一杯啤酒泼到那人的脸上。还有一场戏是，小云被叫去陪一帮据称是诗人的客人，其中一个满头银发的诗人，发现小云手腕上有许多疤痕，问小云是怎么回事？小云说，都是自己用烟头烫的，失恋一次就烫一次。他又问小云以前是干什么的，为什么要来干这个？小云说，自己以前在百货公司卖服装，但收入不高，要养活家里几口人，爸爸妈妈，两个妹妹，以及男朋友。他又问小云，爸爸妈妈是干什么的？小云说，是下岗工人，而且身体很差，没法再工作。他又问小云，男朋友是干什么的，他一个大男人，为什么要你来养他？小云告诉他，男朋友是个好吃懒做的人，没有收入来源，还吸毒。银发诗人听了很生气，这样的人渣怎么还要他做你的男朋友？小云告诉他，因为他是这世上唯一爱我的人，我也爱他。他摇了摇头，连连叹气，显然对这种爱难以理解。后来走的时候，领头的一个人已经统一给过小费了,但银发诗人又单独给了小云小费,被领头的那个人发现,说我已经给过了,不用再给了,并要小云把小费还回去。小云便把小费还了回去。但那个银发诗人坚持要小云收下。他对领头的那个人说,人家小姑娘挺不容易的,她的遭遇让我挺同情的。领头的人就嘲笑他太天真了,小姐讲的故事你也信?银发诗人一听这话就勃然大怒了,冲着领头的那个人吼道,你看看她手腕上的那些伤疤,是编造的吗?领头的人说,那个我见得多了,她们没事就喜欢烫着玩。银发诗人一把抓过小云的手,撩开她的袖子,让领头的人看,你看看,这样的伤疤是烫着玩的吗?你烫一下自己试试,你敢吗?我给小云讲了剧本里面关于她的这些故事,问她,这都是真的吗?小云说,是真的。她还撩起自己的衣袖给我看,确实有很多烟头烫的疤痕。其实,这些都不算什么,小云说,还有些事可能竺总不知道,没写进去。这时导演在一旁说,谁说我不知道,只是不忍心写而已,有些事太让人难过了。说着,他突然放下手中的酒杯,把脸埋在膝盖上,无声地抽泣起来。小云过去搂住他,并用手使劲揉他的头发,意图安慰他,但导演却像小孩一样,越发大声地哭起来。

19

  我隐约意识到，要想导演振作起来完成这部影片几乎不太可能了。有次美术指导王墙跑来找导演，导演不在，他便问我，好久开始拍？我说不知道。他有点沮丧，觉得搭了这么好的景，不拍可惜了。我试探着问他，你有什么想法？他想了想，要不，有兴趣的话，我们弄个本子拍一拍？我一听就感觉到，他已经有想法了，就说，我也觉得不能浪费了这个景，我们自己随便拍点什么也可以，但就不知道这话怎么跟导演说？王墙说，你先给导演聊一聊，就说利用这个空档，我们弄着玩，他也可以给我们参谋参谋，他想要做导演练练手的话，也行。我说好，我试试。导演回来后，我就试着（结结巴巴地）把王墙的想法说了出来，没想到导演完全没有多心，还挺高兴。难道王墙已经有剧本了吗？他迫不及待地问道。我说看样子应该是有了，就想征求你的意见，你如有兴趣，就做他这个剧本的导演吧。好好好，导演拍了拍手，但马上又说，还是王墙自己做导演吧,你们拍,我跟着学习学习。看着导演像孩子一样的真诚,又像老人一样的谦逊,我很感动。我想,这或许能让他振作起来完成自己那部电影的拍摄吧?于是我把导演的反馈告诉了王墙,并问他何时开始筹备,王墙说,其实他已经筹备得差不多了,这两天就可以进场。

20

在中国影坛,不少导演是摄影师或美术师出身,他们有过剧组经历,熟悉拍摄流程,熟悉现场,拿起导筒可谓驾轻就熟。两天以后,一辆卡车就运来了全部的设备和道具,灯光师、录音师、服装师、化妆师等工作人员悉数到位,各自在现场开始了布置和调试。我也被王墙聘为摄影指导,与他一起讨论分镜剧本。导演像个小学生一样的兴奋,这里看一看,那里问一问,还拿个小本儿做笔记,看出来他之前说的"学习学习"并非虚言。第二天上午,一众演员也陆续到场。王墙说,按计划拍一周,这一周大家吃住都在这里了。当天下午,举行开机仪式,并开拍第一场戏。这是一场男女激情戏。原先的夜总会包间被改造成酒店的大床客房。一个男人洗完澡腰上裹着浴巾从浴室走出来,走到吧柜前,拿起一听易拉罐的青岛啤酒,走到床边,半躺在床上,拉开啤酒的拉环,凑到嘴边喝了一口,然后将其放到右手边的床头柜上,顺手拿起床头柜上的一包"中南海"香烟,抽出一支,用一次性打火机点燃,一边吸烟,一边又拿起一只遥控器,对着墙上的电视机打开了电视。他以一点五秒的频率,不停地变换着电视的频道,大约十五秒之后,响起了"叮咚叮咚"的门铃声。他手里举着遥控器,朝房门的方向偏过头去,迟疑了一点五秒,然后放下手中的遥控器,下床,赤着脚,走到门边,打开门上的猫眼朝外面窥视。就在他朝外窥视的时候,又响起一阵急促的敲门声。他不再犹豫,打开了房门。一个女人从门外挤了进来,并迅速将门关上。是个年轻的女人,长得也比较漂亮,尤其是比较丰满。她背靠着门站了一秒钟,不等男的开口,就压低声音说出了下面这一段话:"先别问我是谁,但你记住,我是你的妻子,名叫苏无艳,我有生命危险,请你配合,你不配合,也将有生命危险。请问你叫什么名字?"男人有点结巴地回答:

"吴，吴仁健。"男人还想问点什么，她摆了摆手，示意男人闭嘴，自己径直走到床边，脱起了衣服。在男人困惑地注视下，她脱掉了身上的旗袍，回头看了一眼男人，继续脱下乳罩和内裤，直至一丝不挂，走进了浴室。随着浴室响起"哗哗"的水声，"叮咚叮咚"的门铃声又响了起来。他站在原地，感到一丝恐惧，不知该不该去开门。门铃继续发出"叮咚叮咚"的声音，就好像如果他不去开门，门铃就会永远这样响下去。他终于走到门边，朝门外喊道："你们是谁？"门外一个男人的声音回答："酒店服务，请开门。"他打开门，门外站着两个身穿长衫、头戴礼帽的男人。其中一个长衫男从衣兜里掏出一个证件在他眼前晃了晃，说："我们是调查局的，在追捕一个危险分子，请配合。"他点了点头，依然一脸困惑。两个长衫男进了房间，一眼便看见散落在床上的女人衣服。他们朝浴室看了一眼，问道："里面是谁？"他想起了刚才女人说的话，便毫不犹豫地回答说："我的妻子。"其中一个长衫男说："请她出来。"他走到浴室边，冲着里面问道："好了吗？"里面回答："还没呢。""能不能先出来，有两个公家的先生要问话。""那好，你把浴袍给我递进来。"他转身去衣柜里取了一件浴袍，拿到浴室边，敲了两下，朝半开的浴室门递了进去。一会儿，女人穿着浴袍从浴室走了出来，一条毛巾包裹着头上湿漉漉的头发。她看见两个长衫男，脸上掠过惊讶的表情，并问男人："这是怎么回事？"一个长衫男说："请问这个男人是你丈夫吗？"她点头。"他叫什么名字？"她脱口而出："吴仁健。"长衫男朝男人伸出手："请出示你的证件。"男人马上去自己的箱子里翻找，找出一个小本，递给长衫男。长衫男翻开小本看了看，又指着女人问："你说她是你妻子，她叫什么名字？"男人说："苏无艳。"长衫男把小本还给男人，又朝女人伸出手："请出示你的证件。"女人走到床边，从手袋里拿出一个证件，递给长衫男。长衫男翻开拿在手中看了看，还给了女人。长衫男说："打搅二位了，谢谢你们的配合。"然后，两个长衫男向他们微微鞠了一躬，转身走出了房间。

21

房间里此时就只剩下裹着浴巾和穿着浴袍的男人和女

人了。男人站在那里,脸上仍然是惊魂未定的神色。女人看着他,笑了笑,缓缓走过去,给了他一个拥抱,并将嘴唇凑到他耳边轻轻地说道:"谢谢你。"他的反应却是忍不住打了个寒战,这一抖动,让腰间的浴巾一下松开,滑到了地板上。女人捂住嘴笑了起来。她继续凑在他耳朵上轻声地说:"危险还没完全过去,我肯定他们就在门外听着呢,我们的戏还得继续演,现在上床吧。"说完,自己先走到床边,脱了浴袍,将身体蜷缩进被窝。男人双手捂住下身,依然傻傻地站着。女人白了他一眼,故意提高了一点嗓音说道:"快来呀,亲爱的。"说完,用手朝房门指了指。男人恐惧地看了一眼房门,然后走到床边,也钻进了被窝。他刚一进被窝,就被女人紧紧地抱住,并在他脸上亲个不停。男人似乎还没从惊吓中缓过神来,身体依然是僵直的。女人用眼睛瞪着他,咬着牙低声地说:"跟女人亲热你不会吗?"并抓住他的手,将其引导至自己的怀里。为了把动静搞得更大一些,女人夸张地晃动着自己的身体,让床垫发出"吱嘎吱嘎"的声音。男人完全没有想到会发生这样的事情,大脑处于无意识状态,全凭男人的本能应付着这诡异的场面。我坐在导演旁边,看着面前的两台监视器，一台是室内的画面，一台是室外的画面，即两个长衫男站在门外贴着房门偷听的画面，是我建议王墙用两台摄影机同时拍摄，为了节省时间。两个长衫男一边偷听，一边交换眼色，虽然里面透出的声音足以对感官构成刺激，但两个长衫男脸上的表情却是十分严肃的，甚至是十分警觉的，似乎要从这声音中，捕捉到某种特殊的信息。王墙侧过头来低声对我说，后期剪辑的时候，他准备将两组镜头进行交叉剪辑，以增添紧张的气氛。我点点头。这种小制作，后期剪辑通常都是导演的权力，作为摄影指导，我不便多说什么。但按我的想法，交叉剪辑的效果并不好，应该让观众也跟两位剧中人一样，看不见门外的长衫男，但又始终感觉得到门外有种危险的存在，才够紧张和刺激，到这场戏结束的时候，再出现门外两个长衫男偷听的镜头，即：随着女人高潮的到来，镜头切换到门外的两个长衫男，他们彼此又对了一下眼色，然后摆摆头，离开了房门，这时候，他们的脸上可以隐约露出一点暧昧的笑容。

22

"天啦,天啦!"女人狂叫两声,像中弹一样,倒下来,趴伏在男人的身上。男人也是气喘吁吁,满头大汗。"危险应该过去了。谢谢你。"女人喃喃地说道。男人呼出一口气,把女人从自己身上拨下来,问:"你究竟是谁?"女人从床上起来,裹上浴袍,又从床头柜上拿了男人的香烟,点上,深深地吸了一口,告诉男人:"我是重庆方面的特工。你呢,是做什么的?"男人说:"我没职业,我是一个诗人。"女人愣了一下:"诗人?那你靠什么生活?还住这样的酒店?"男人说:"我有个有钱的父亲。"女人笑了起来:"地主还是资本家?"男人也从床上起来,拿了一支点上:"资本家。我家是开钱庄的,在马来西亚、新加坡和上海都有分号。"女人手上拿着香烟,沉思了一会,说道:"你能背一首你的诗给我听吗?"男人有点窘迫,说:"自己写的诗,一般都背不了的。不过我有诗集,我可以送你一本。"男人起身去箱子里拿了一本薄薄的小册子,双手递到女人手上。女人接过诗集,开始翻阅。男人有点紧张,说:"要不我先去洗一下?"男人进了浴室,女人手里拿着诗集,走到窗边,警觉地撩起窗帘,向外面察看。这时,导演助理跑来,神色慌张地对王墙说,外面来了一辆警车,下来几个警察,不知道他们要干什么。王墙皱了皱眉头,想了一下,转过头来对我说,你帮我看着,继续拍,我出去看看是怎么回事。王墙起身离开,我接替他的位置继续看着监视器。女人已从窗边回到床上,斜躺着阅读那本诗集。男人洗完澡,裹着浴袍从浴室出来,看见女人还在看他的诗集,那种窘迫的神态又回到脸上:"写得不好,请你多提意见。"女人笑了笑,没说话,继续阅读诗集。男人更加不自在,对女人说:"要不你也去洗一洗?"女人合上诗集,想了想,然后说:"今天晚上我还要出去一下,见个人。如果明天天亮我还没有回来,你就去南京路一家叫白夜的咖啡馆,找一个靠窗的位置坐下,要一杯美式咖啡,并把这个放在桌上显眼的地方。"说着,女人从手袋里拿出一只精致的女式打火机,递给男人。"一个跟我穿同样款式和花色的旗袍的女人,会来与你接头,她会向你借打火机点烟，并问，这打火机是你太太的吗？你回答，不是，是我家小妹送给我的。然后你告诉她，日本可能在近期偷袭珍珠港。说完这句话，你就可以起身离开了。"男人问："这就是你要送出的情报？日本人真的要偷袭珍珠港？"女人严肃地点点头："有百分之九十九的可能性，情报来源很可靠。"男人又问："我们素不相识，你凭什么相信我？"女人晃了晃手中的诗集："凭你写的诗，还有嘛，你在床上的表现。"

23

我喊了一声"好"，这场戏的拍摄就到此结束了。王墙这部电影是由若干个短片构成的，每个短片都是一个独立的故事，相互之间没有情节上的关联，唯一的关联就是，每个故事都发生在酒店的客房。刚刚拍完的，就是其中的一个。我问过王墙，打算拍多少个短片？王墙说，我写了十个，拍出来看效果，最终可能选六个，我喜欢六这个数字，片名就叫《六个房间》。王墙带着警察进来的时候，我正在跟导演交流刚刚拍完的这场戏。我问导演，你觉得王墙拍的这个如何？导演说，有点似曾相识，好像在哪里看过，但想不起来了，看的片子太多了。导演这样一说，我也觉得有点眼熟，迅速地搜索脑子里的片源库，《三十九级台阶》，希区柯克的这个片名一下就跳了出来。导演说，对对对，就是希区柯克的，黑白片，大致情节相似，细节上不一样，比如暗探进房间搜查，比如做爱的场面，比如男主人公的诗人身份，都是希区柯克那部片子里没有的。总的来说，导演笑了笑，王墙的这个也是蛮有意思的，演员的表演也不错，他们是职业演员吗？我点了点头，我听王墙说过，两个主演，包括两个暗探，都是影视学院表演系毕业的，也参演过一些影视剧，不太出名而已。导演说，留下他们的联系方式，到时候我的电影可能用得上。我一听，心里很高兴，这是导演开始振作起来的迹象啊。这时候王墙带的那个警察就过来拍了一下导演的肩膀，说，终于找到你了，竺总。导演的表情很惊讶，站了起来，激动地握住对方的手，波儿，是你啊，十年不见，是有十年了吧？原来这个叫波儿的警察是导演的老相识，导演做夜总会的时候，波儿没少帮忙。他还跟我学过写诗呢，导演打趣地对我们说道。有一天，波儿的领导，治安大队的大队长跑来夜总会找竺总，问他这几天见到波儿没有？竺总说，见到过一两次。大队长就叹了口气，说，很担心波儿的状况。竺总便问，出什么事了？大队长说，波儿有好几天没来上班了，打传呼也不回，后来王立军（波儿的同事）才告诉我，他在家里写诗，还说是你教他的，真是撞到鬼了。大队长一副担忧的神色，生怕波儿精神上出了什么问题。导演讲完这个故事，气氛一下就松弛起来。王墙带警察进来的时候，开始大家还有点紧张，警察的表情本来就不同于常人，有种与生俱来的恐怖感，不知他是冲着什么来的，会发生什么事情。现在终于放下心来。波儿跟导演聊了一点往事之后，就说，竺总你得帮我个忙，跟我到局里去一下。导演马上警惕起来，问去局里有什么事？波儿说，竺总你别紧张，没别的事，就是当初夜总会那个案子，现在当事人打了市长热线，市局便责成我们分局处理，需要你帮忙回忆一下当时的情况，完善一些手续，走个程序。导演看了看波儿，确实不像很严重的样子，便跟着他去了。王墙说，那我们接着拍下一场戏。

24

  我一直担心导演,虽然他走的时候从容不迫,但我很少跟警察打交道(最多到交警为止,被查个驾照什么的),什么市局分局,这种机构对我来说很神秘,总觉得导演这一去吉凶难卜。事后证明,是我多虑了。到吃晚饭的时候,导演就回来了。看见他走进来的样子,还没说话,我就知道,事情的确不严重。但我还是很好奇,想知道当年夜总会那个案子,究竟怎么回事?导演说,我们喝酒吧,边喝边聊。

25

  夜总会那个案子,据导演说,发生在1994年。那其实不关夜总会的事,虽然事情起因在夜总会,但作为案子,却发生在夜总会的外面,导演说。那天我走得比往日早一点，快到零点还没到零点的时候，因此，案发时我并不在场。我一般都是等客人走完了才走。那天我走的时候，大厅里还有两桌客人。一桌是大堂经理孟少伟的朋友，一桌是保安部长赵志明的朋友。所以，我认为剩下的客人差不多也算是自己人了，不会出什么事，就回家了。他们分两桌在大厅喝酒，边喝酒边唱卡拉OK。事情的起因据说是双方争抢话筒。在大厅唱卡拉OK有个约定俗成的规矩，就是大家轮流着唱，每一桌只能唱两首，然后就得将话筒传到下一桌。孟少伟的朋友那一桌，可能仗势自己是大堂经理的朋友，唱高兴了就忘乎所以，拿着话筒不肯放手，变成麦霸了。保安部长赵志明的朋友那一桌当然不高兴了，就过去跟他们理论，这一来，双方就发生了争执。好在双方都还记得自己是这里员工的朋友，到要动手开打的时候，便说都不要给朋友添麻烦，到夜总会外面去打。如果两边仅仅是为了出出气，打一下，也不会出多大的事，但当时还有一个人，就是夜总会的妈咪阿童木，他也在。是的，夜总会也有男的当妈咪的。阿童木是社会上（混江湖）的人，跟保安部长赵志明是朋友，因为这层关系，他充当起了夜总会的妈咪，而我们则睁只眼闭只眼，不加过问。所以，他并不算夜总会的员工，只是依附于夜总会讨生活，保安部长算是他的保护人。因为这层关系，他自然要站在保安部长的朋友一边，帮着打。其实帮着打也没问题，他应该挺能打的，阿童木是他的外号，这个外号的全称是"铁臂阿童木"，日本动画片里面的人物，拳头很硬的意思。但他偏偏没有止于自己的拳头，而是动了刀子，一把小巧的柳叶刀，将对方的两个人捅进了医院。我是第二天得知这个消息的，辖区派出所也来了人，大家商量的结果是，虽说事情发生在夜总会之外，但出于人道主义（受伤的人也是夜总会大堂经理的朋友），我应该去慰问一下，表示表示。我征得公司同意，从财务处领了五万块钱，去了医院，看望了两个受伤者。在我来说，该做的，我已经做了。而赵志明和阿童木，第二天就不见人影了，跑了。这事就这样了结了。没想到十年之后，这两个受伤的人心里不服，打了市长热线，申诉当年警方处理不力，没有抓到凶手。市长责成市局受理这个申诉，市局便打电话给当时处理这件案子的分局，让他们查一查，写个报告。分局查了一下，这一查就慌了，有关那个案子的档案不知丢哪里去了。于是，决定补一个档案。他们叫我去就是让我重新做一份笔录，把当时的情况再说一遍，顺便也问了一下跟赵志明和阿童木还有联系没有？当然没有联系，这是实话。

26

虽说导演平安无事地回来了，但我感觉他还是受到了一些影响。更严重一点说，受到了一些刺激，有点神不守舍的样子。我宽慰他，事情都过去了，别再去想它了。导演点头，没说话。半夜，我迷迷糊糊地听到一个声音，是女人的。开始我以为是自己在做梦，后来确定，声音就在不远处，导演住的"夏威夷"包间，由于包间是没封顶的，所以听起来特别清晰，就像在自己房间里一样。这是女人在做爱时才会发出的那种声音。我跟女朋友分手半年了，这声音让我感到既陌生又刺激。导演曾经说过，他做夜总会的时候，是不让客人在包间和小姐做那个事的，但这并不代表包间里就没发生过这样的事，只是当事人不是小姐和客人，而是夜总会的会计和收银员。会计是个二十多岁的小伙子，长得很清秀，刚从财大毕业。收银员三十岁了，有老公，还有个两岁的女儿，人长得并不漂亮。由于夜总会经常营业到凌晨，收银员一直要守在那里，下班后也回不了家，在包间里过夜是常有的事。会计属于公司的财务人员，跟收银员有许多工作上的交接，但两个人决不能发生这样的事情，导演说，这不是伦理道德问题，而是财务制度问题，两个人有了这样的关系，就有串通吃钱的可能性。导演平常是中午才到夜总会的，但那天因为要迎接卫生防疫站的检查，就上午去了夜总会，检查的人还没到，他就想先在夜总会里面巡查一下，看有没有不达标的地方。随同他一起检查的还有大堂经理、行政秘书、吧台长、服务领班、保安部长和两个清洁工。检查了大厅、吧台，便逐一检查包间，结果就在"大提琴"包间，看见了会计和收银员同睡在一张沙发上。大堂经理一把掀开他们身上盖的毯子，两个人都是赤身裸体，没法狡辩。保安部长看了一眼导演，然后上去抓住会计就是一顿暴打。收银员用双手蒙住自己的脸，感觉还是很羞愧。后来会计被开除，收银员留下，但她自己不好意思，别的人看她的眼光也变得异样，几天后她也辞职了。导演讲这个事情的时候，表情有些哀伤，大概是作为诗人，而不是总经理，他对这件事情抱有一些同情吧。现在导演自己在包间里与女人做爱,虽然这不是真的夜总会,但环境却是一模一样的,那么导演在做的时候,会不会想起当年的那个会计和收银员呢?

27

第二天醒来,我看见了那个女人,一个长得有点像莫文蔚又有点像张曼玉的中年女人。导演介绍说,这是红姐,老朋友。后来我从导演那里了解到,这位红姐也是当年夜总会的一位妈咪,在夜总会开业初期,帮过他不少忙。我打趣道,当时是不是就已经有了一腿?他很严肃地否认了。当时我们就是工作关系,不能夹带私情的,他说。然后他意识到昨晚的事情,脸上的表情略微有些尴尬。红姐后来不做妈咪了,自己开了一个酒吧,还结了婚,老公比她小,长得很帅,这些年过得还不错。我有时也带朋友过去喝酒,他说。但她太善良了,不会保护自己,老公跟一个女孩搞上都两年多了,她还蒙在鼓里,当发现的时候，已经人财两空。当初她为了表示跟他是真爱，酒吧的执照是办在老公名下的，挣的钱也是老公在管理，所以，她几乎就是净身出户。在家沉沦了半年之后，她觉得还是应该做点什么，一为生计，二为让自己从伤痛中走出来。于是，她决定再做一个酒吧，毕竟只有这个是自己擅长的。但看了几个地方，不是位置不合适，就是合适的位置房租又太贵。昨天她到这里来，我们聊了聊，我突然就产生一个想法，觉得我们这个地方空着也是空着，不如让她先来做做酒吧，帮她个忙，我们的事再慢慢构思，找灵感，你觉得如何？导演说得很恳切，我都已经感动了，还能说什么？我对导演说，这地方是你租下来的，你有权处置，再说红姐的事，我也很同情，就这样办，没问题。

28

就这样，我们搭建的这个夜总会摄影棚就变成了红姐的酒吧。刚一开张，生意就爆好。红姐说，是曾经的一些老顾客给我面子。红姐说的这些老顾客，都是跟导演年龄差不多的中年男人，没喝醉的时候，举止还比较文雅，喝醉之后，也爱发点酒疯。但红姐总能及时化解，不至于生出大的事端。我说红姐你真有能耐，什么事都摆得平，了不起。红姐抽着烟，手里端着酒，叹了口气说，自己了解这些人，活得都不容易，偶尔想发泄一下也是可以理解的。我发现，红姐除了人缘好，在经营上也是蛮有一套的。她能将酒吧的氛围营造得就像家一样，而她就像这个家的女主人，掌控一切，但又不露任何痕迹，感觉她既存在又不存在。而导演呢，据我观察，自从红姐开起这个酒吧之后，情绪上也变得好起来，没那么焦虑和沮丧了。每到上客的时候，他就这里坐坐，那里坐坐，这些顾客多半也是他的熟人，除了陪他们喝酒，聊天，有时还帮忙去拿酒，拿杯子什么的，俨然是这个酒吧的第二主人。我问导演，是不是有点像回到过去夜总会那个时候的感觉？导演笑笑说，比那时候轻松，没有经营上的压力，纯粹的陪酒先生。一天夜里，酒吧打烊后，我躺在"喜多郎"包间的沙发上，因为失眠而辗转反侧。导演和红姐就在相隔不远的"夏威夷"包间，听得见他们的窃窃私语。可能是顾及到我的存在，他们一般都不会弄出太大的响动。红姐更是个善解人意的人，曾经暗示过我，她请来做事的几个服务员，西西、婷婷、朵朵，对我都有好感，还都没有男朋友，我可以自行选择。这几个小女孩都不错，但我自己上一次恋情结束后，心里还没调整好，因此，只满足于跟她们聊聊天，调调情，并不想发展成实质性的关系。导演还嘲笑我是叶公好龙。我说导演你高兴就好，我这样也挺好的，你就不用内疚了。这是开玩笑，导演也许真没内疚，包括我作为一个摄影师被他这么耗着，他也没表示出一点异样，好像一切都理所当然，是我自己的选择。确实也是我自己的选择。这样无所事事地耗着，其实也是一种逃避。我虽然不知道现在这部电影该怎么拍，但要我去帮别人拍其他电影，也提不起兴致。或者说，我内心还没调整好，就像恋爱一样。我的前女友是个演员，不知名的那种，但常年混剧组，不缺戏演，很充实，不像我，估计现在也有了新的恋情。她也一直鼓励我上进，希望我在这一行里牛逼起来，但我却不争气，许多她觉得是机会的机会，都被我要么放弃，要么搞黄了，没办法，性格使然，这也是我们分手的原因之一。但我其实是有追求的，心里始终装着一部属于自己的电影，只是这部电影显得还有些遥远，有些模糊。诗人韩东说过，诗是一种降临，一种等待，我深以为然，电影也是。我就这样躺在沙发上，仰望着虚空，静静地等待。导演和红姐那边的窃窃私语已经转换为另一种声音，我突然觉得，这声音让我感到很温暖，是那种悲切中又给人以抚慰的温暖，不是让人沉沦下去，而是漂浮起来，是小提琴，也是单簧管和长笛。

| 电影院

1

我从一个逼仄的小门进去。这是一个送货的通道。地面有些滑,沾满油腻的液体。为避免滑倒,我用手扶着墙。墙面很粗糙。通道并不长,不一会儿就看见了一扇门,一道银色的光线从门缝里透出来。我推了一下门,门开了,里面很大,停满了各种汽车。没有人,全是汽车。我一进去,那些汽车都叫了起来,这让我很恐惧。我站在一辆灰色的越野车旁,深呼吸,默念佛祖保佑,那些叫声才逐渐平息下来。

就在我惊魂未定的时候，旁边那辆越野车的车门突然打开了，先是下来一个女的，她看了我一眼，就问："电梯在哪里？"我完全不知道该怎么回答，愣愣地看着她。接着，又下来一个男的。他看了我一眼，然后问女的："他是谁？"女的说："不认识。"男的又转过头来看我，单眼皮，眼神有点可怕。我急忙说："我们不认识。"女的突然恨了我一眼："你多什么嘴？"男的嘴角露出一丝笑意，问我："你刚才都看见什么了？"我虽然不明白他问这话是什么意思，但还是说："我什么都没看见。"男的又问："你这么肯定？你知道我问你看见什么了是看见什么吗？"我确实不知道，心里很虚，纠结着该怎么向他解释。这时那个女的走过来推了男的一把，很生气地说："废什么话，赶快去找电梯。"

女的挽着男的往前走，去找电梯。我迟疑了一下，也跟在他们后面。走了十多米，男的突然站住，回过头来，想要说什么。女的拽了一下他的手臂，拉着他继续往前走。走了几步,女的又回头看了我一眼。我有点胆怯,但还是决定跟着他们走。

很快就找到了电梯。男的按了电梯按钮,然后仰起头来看墙上显示的数字。数字从20、19、18……一直往下降。在这过程中,女的将头靠在男的的肩膀上,动作十分亲昵,假装不知道旁边还有我这么个人。但我却发现,她两次偷偷抬起眼皮来看我,虽然只是一瞬间,还是被我发现了。但我也没敢多看她,我怕男的发现我在看她,虽然我不知道我在怕什么,但还是觉得,不看为好。

电梯的数字降到14,停住了,一动不动地停着,长达一分钟。男的不耐烦了,频繁地用手去按电梯的按钮。女的又开始偷偷地看我,而且看的时间比之前更长,有一种故意要引起我注意的意图。这样的眼神让我既尴尬,又胆怯。我不知道自己该不该回看她。我如果不回看她,显得我很傲慢,无礼。但如果我回看她,又担心被男的发现,引起不必要的麻烦。就在我左右为难之际,电梯的数字突然又开始往下降,我松了一口气,为自己不看她找到了一个很好的理由,我也学着那个男的的样子,仰起头,看那个逐级下降的数字。

数字终于降到B1,停住了。电梯门静默片刻,"咣"的一声打开。男的迫不及待地往电梯里走,女的靠在男的的肩上,被男的拖着进了电梯,就在她被拖着往电梯里移动的时候,还在偷偷地看我。我跟着他们进了电梯。男的像是突然发现了我还跟着他们,在电梯门关上的那一瞬间,他直瞪瞪地看着我,问道:"你想到几楼?"语气跟审问差不多。我很想说,你们到几楼我就到几楼,因为我自己不知道我想到几楼。但那样说显然会引起误会,他会真以为我跟那个女的有什么关系。我一时语塞,"我、我、我"了几下,更慌了,好像心里真的有什么鬼。女的突然笑了起来,男的看了女的一眼,又看了我一眼,也跟着笑了起来。我一下如释重负,便说:"我,随便。"这时男的迅速收起笑容,面无表情地按了一下17,按过之后,转头看了我一眼,眼神中充满了轻蔑。我迟疑了一下,觉得不应该这样被他轻蔑,便往前凑了凑,伸出指头戳了一下14那个按钮。就是说,我是随机选择了14这个楼层,只是不想与他们雷同。

2

我是从一个逼仄的小门进去的。这可能是一个运货的通道。地面有些滑,沾满油腻的液体。为避免滑倒,我用手扶着墙,小心翼翼地往前走。墙面很粗糙。通道并不长,不一会儿就看见了一扇门,一道银色的光线从门缝里透出来。我推了一下门,门开了,里面很大,灯红酒绿的,一排排敞开的门面,全是餐馆,空气中弥漫着各种食物的气味,让人窒息。

一个男人迎面朝我走来,他手里拿着一块纸糊的牌子,牌子上写着"带路"两个字。他问我:"老师想吃什么?"我看了他一眼,一个相貌猥琐的中年男人,还戴了一副深度近视的眼镜,鼻翼上的一颗黑痣尤其扎眼。我说:"你怎么知道我是老师呢?"他说:"我不知道你是老师。"我笑了:"那你为什么叫我老师?"他也笑了:

"叫老师不好吗？"我说："不好。因为我不是老师。"他还在笑："那叫你什么？"我说："叫我先生。"他哈了哈腰："好的先生，你想吃什么？"我对他已经有点厌恶，便很不客气地说："我想吃什么关你什么事？"他举了举手中的牌子："你想吃什么，我给你带路。"我瞟了一眼那个牌子，故意问他："你就是那个什么带路党？"我其实是在讽刺他，没想到他马上点头说："是是是，我就是大家说的带路党。你想吃什么？"我对他一再打听我想吃什么已经感到十分厌烦，就说："我想吃什么是我的事，不需要带路。"他"哈哈"笑了两声，突然黑下脸来说："你知道这是什么地方吗？"我说："知道啊，美食城嘛。"他说："不是一般的美食城。"我问："怎么个不一般？"他得意地晃了晃脑袋："没有我带路，你吃不到你想吃的。"我一下火大，这分明是威胁，就说："那我还偏不要你带路了，我就自己随便走走，随便吃。"说完，撇下他，自己往前走，走得很快，生怕他跟在我后面继续纠缠。结果，我回头一看，他并没跟着我，而是站在原地，抱着那块牌子，眼巴巴地看着我。这个情景让我一下就心软了。

事实证明,有个带路党是对的。这里面就像一个迷宫,如果盲目行走,很容易迷路。我问他:"这里面有多少个像你这样的带路党?"他说:"没数过。很多。你看,他们都是。"他边说边指给我看。是很多,有男有女,有老有少,都举着一块带路的牌子,一眼就能分辨出来。我又问你们都是专职带路的吗?他说都是,不干别的,就干这个。"怎么收费?"我突然想到这个问题应该问一下。"不收费。"他语气很肯定地说。我有点意外,不收费,那你吃什么?他说是不收客人的费,但餐馆要给他们回扣。

　　我们经过了许多餐馆。我感觉很饿,越来越饿,但又不知道该吃什么。而带路党只顾带着我走,没停下来的意思,好像他有个明确的目的地。我实在有些忍不住了,就问他,你现在怎么不问我想吃什么了?他愣了一下,听出我这是在嘲讽他,便狡猾地笑了笑,说:"你答应了让我给你带路,我就没那么急了。生意嘛,要慢慢做。很多客人一开始都不知道自己想吃什么,要先走一走,看一看,想一想。我呢,就陪他们走,陪他们看,陪他们想,不忙着问,问多了人家会烦,是不是?等客人实在想不出来的时候,那好,这时候我就适当地给他提一个建议。"我问:"你的建议一般都会被采纳吗?"他说:"一般都会。不瞒你说,干我们这行,最重要的就是要善于察言观色,陪着走一走,看一看,再聊一聊,客人是什么口味,想吃什么,就晓得个八九不离十了。"我便问:"那你说说我现在想吃什么?"我这样问他,他有点猝不及防。"你在考我。"他缩了缩脑袋,怂起瘦削的肩膀,搓着手,做出可怜的样子。"随便说,别紧张。"我鼓励他。"那好,我试一下哈。首先,我感觉你现在想吃甜食。对不对?如果甜食没错,那我想,你可能最想吃的是红烧肉,对不对?"我其实并没想吃甜食(尽管我平常也不排斥甜食),更没想红烧肉,但被他这么一说,感觉还真是想吃甜食,想吃红烧肉了。我说,那你就带我去吃红烧肉吧。

他东拐西拐,把我带到了一个餐馆,位置偏僻不说,店面也很小,窝在一个夹角里,店堂内的光线也比别的餐馆暗淡一些。莫不是黑店?我脑子里闪过一个念头,心里便有些警惕。不算吧台（吧台有三只餐凳，也可以坐人），正规的餐桌只有四张，但却一个客人都没有，空得吓人。感觉带路党对这里熟门熟路，进门二话不说，把带路的牌子扔在桌上，就去饮水机前倒了一杯水，端起来咕噜咕噜自己喝了一半，才突然想起什么，转过身来问我，你要不要喝水？我越发觉得这不大对头，不是应该先让我坐下，然后泡茶，再递上菜单问我想吃什么的吗？我语气生硬地回答说，不喝水。带路党便回过头，一口气喝掉剩下的半杯水，抬手用衣袖抹了抹嘴，朝吧台后面喊了一声："马姐，客人给你带来了，我走了哈。"说完，抓起桌上的带路牌朝外面走，边走边对我说："先生，你慢慢吃，我再去跑一趟。"看着他匆忙离去的背影，我脑子里一片空白，不知该做何反应。照说，我应该遵从自己的直觉，马上逃离这个疑似"黑店"的地方。但两条腿却出奇的软弱，根本不受自己的支配。况且，我是真的饿了。既来之则安之，想到这句古训，我选了一张靠近吧台的桌子，坐了下来。

3

我又是从一个逼仄的小门进去的。依然是一个送货的通道。地面很滑，沾满油腻的液体。为避免滑倒，我用手扶着墙壁一步一步往前走。墙面很粗糙。通道并不长，不一会儿就看见了一扇门，一道银色的光线从门缝里透出来。我推了一下门，门开了，里面很大，熙熙攘攘的全是人，以及各种噪声。

我定了定神，想继续往前走，却发现这很困难，想走也走不动，前胸后背都贴着人，一点缝隙都没有。不过，我又感觉到，虽然自己没走，自己的两条腿却又在移动，被那些紧贴在我身上的人裹挟着，不由自主和不明方向地向前移动。这种被动的状态让我很紧张，甚至有些恐惧。我首先感受到我的后面，即紧贴在我后背上的，是一个孔武有力的大块头的男人，我就是被他推动着往前走的。他还不时用身体顶我的大腿和臀部，很不耐烦的样子，好像我碍着他什么事。我不敢回头看他。事实上,我也回不了头,更别说转身。我的前面则是个女的,由于看不见她的脸,分辨不出她的年龄,但感觉得到,是个成熟而多肉的女人。像大块头男人在背后紧贴着我一样,我也紧贴在这个女人的后背上。我猜她也应该不喜欢背后有这样一个不认识的男人这么用力地贴着她。但我身不由己,希望她能理解我的处境,不至于有什么误会。就算我有了不该有的反应,那也是情非得已。这样想的时候,我发现自己真的有了那种反应,但她好像也真的很理解,假装没有感觉。我很感动,心里叹了一声"理解万岁"。但我的两只手还是不知道该往哪里放。相比于被人误解为一个色狼,我更不想被人误解为一个摸包客。这不是我多虑,因为我自己就很警惕周围的那些手,防备着它们伸进我的挂包和衣兜,扒窃我的钱物(其中我还想到了类似于情报之类的文件,虽然我不确定我身上是否有这样的"情报")。不一会儿,我的后背和额头就冒出了一层热汗。这种带点咸味的黏糊糊的液体渗出皮肤,紧贴在内衣上,让人极其不舒服。

我闭上眼睛,开始思考,怎样才能脱离这个困境?

首先要弄明白的是,这么拥挤是因为什么?而要弄清这个问题最便捷的途径就是张开嘴巴,即向他人询问。问我背后的人?我没法回头和转身。问前面的人?我看不到她的脸,而我又不习惯与看不见脸的人说话,尤其是女人。剩下的便是左与右。我先转向左,紧挨着我的,是一个老者,从面容上看显得颇有智慧,我低落的情绪不由得往上提了一下,仿佛看见了一线希望。正欲开口,却一时语塞,我该怎么称呼他呢?先生?尽管我自己很喜欢这个称谓,但放在这个情景下,先生显得过于客气,缺少必要的感情色彩。大爷?似乎又与对方的身份(疑似智者)不符,市井气了一点。老师?我自己最反感别人叫我老师,我教过你什么了?当然也就不会随便叫别人老师,所谓己所不欲勿施于人,何况,素昧平生,你又教过我什么呢?由于称谓引发的心理障碍,让我不由自主地将头转向了右边。

我首先看见的,是一顶黑色的棒球帽,然后是帽檐下露出的半张苍白而光滑的小脸,小脸上的鼻子正好侧对着我,看上去十分挺拔。与此同时,我的鼻子也嗅到了一种气息,带柠檬味的,直觉告诉我,这是一个女孩。棒球帽的后部露出一绺金色的头发，细密而柔软，又被汗水所打湿，紧贴在白皙的后颈上。就在我看她的时候，她也很敏感地转过头来，看着正在看她的这个男人。她的一双眼睛大而明亮，瞳孔不是我想象中的蓝色，而是黑色。嘴唇红润，很丰满，有一种与其天真的眼神不相匹配的成熟感。我还没想好怎么问她，她却先问我了："你还好吧？"我活动了一下举在空中的两只手，说："还好。你呢？"她眨了眨眼睛："还好啊。"心里的障碍一下消除，我想起了自己的任务，又问："知道是怎么回事吗？"对于我这个问题，她偏了下脑袋，想了想，反问道："你想问的是什么？"我说："我想知道为什么会这么拥挤？"她没马上回答，而是踮了踮脚尖，转着头张望了一下，然后说："可能是前面被什么堵住了吧。"我不能认为她的回答毫无价值，但这样的回答对于我眼下的疑惑仍然如同一句废话，一点儿用处也没有。我想应该换个角度，问得具体一些："你要到哪里去？"果然，她很快就回答我说："我要去电影院。"我又问："这些人都是要去电影院吗？"她"嘻嘻"地笑了："那倒不一定。"又问我："你是第一次来这里吗？""第一次。"我说。然后我又问：

"你不是第一次吗？"她说："当然不是第一次。"随后，她疑惑地看着我，问道："你也是要去看电影吗？"我说我不知道，如果真有电影，也可以看一看。她一下笑了，说："当然有电影，白夜电影院，《动物园》，想看吗？"我正在思索，该如何回答她，突然看见她紧皱着眉头，痛苦地向后扭着脖子，我一下就知道发生了什么，她一定是遭到了咸猪手的骚扰，而这只咸猪手，应该就来自她的身后。但跟她一样，我此时也被周围的人裹挟着，无法将身体向后转，也就看不见那个人究竟是谁。但女孩痛苦的表情已经激发起我的愤怒。我不能袖手旁观。我将举在半空的那只右手反转过去，抓住了那个人的衣领。我使劲地拉扯着这只衣领。也许是我用力过猛，让领口勒住了他的脖子，我听到一阵咳嗽声和哀叫声。同时，他也伸出手来抓住了我的手腕和手臂，抵抗着我的抓扯。女孩看着我，明白我是在替她打抱不平，但又怕我吃亏，便使劲地朝我摇头，示意我放手。此时的我已被怒火驱使，停不下来了。随着相互的抓扯越来越猛烈，我感觉体内突然涌起了一股上冲的力量，整个身体就像一支被点燃的火箭，先是双脚脱离地面，然后一个上蹿，整个人就从人堆里抽身而出，或者说腾空而起了。我被自己突如其来的特异功能吓了一跳，同时又异常兴奋，以至于有点头晕。就在我自己从人堆里飞出来的时候，我的手也将那个人拉拽了出来。由于我抓着他的衣领，他在我的下方，我还是看不到他的脸，只看见一个秃顶的脑袋，很恶心的像鸡蛋一样的脑袋，于是手一松，他又重新跌回人堆里去了。而我自己依然奇迹一般地停留在半空，俯看着下面的人群。头还是有点眩晕，我必须冷静一下，稳住自己。我看见了那个女孩，她也仰起头来在看我。我朝她伸出手，她也伸出手，我便俯冲下去，握住了她的手，只轻轻一拉，就把她从人堆里拉了出来。就这样，我们手拉着手，像飞人一样悬浮在半空中。

"太好了，真的飞起来了。"我听见女孩兴奋地喊道。

4

这是一个送货的通道。地面有些滑，沾满油腻的液体。通道并不长，不一会儿就看见了一扇门。我推了一下门，门开了，里面很大，很空旷，像一个溜冰场。我滑动双脚试了一下，地面并没有冰，而且还很粗糙，像月球表面一样凹凸不平。一开始，这个空间里并没有人，但也许是我刚进来，眼睛还没适应，总之，我是隔了一会儿才看见那些人的，就像在大雾中一样，先是一个，后来两个，三个，逐渐地显现出一大群人。这些人手里都拿着一个手机，手机屏幕上透出的蓝光反射在他们的脸上，使他们的面孔看上去既明亮又模糊。这些人，有的站着不动，有的漫无目的地游走着；有的孤独，有的聚成一堆，有的沉默，有的在交谈。

我开始在这些人群中穿梭。他们中有男人，有女人，有老人，也有小孩。穿的衣服却是整齐划一的，一种介乎西装与中山装之间的款式。隐隐约约中，也看见有赤身裸体的人。我不认识他们，一个都不认识，心里便把他们称为路人。我竖起耳朵，像调试电台频道一样，追踪和收听他们相互之间交谈的话音。

路人1：下雪了，你看见了吗？路人2：我看不见，窗帘挡住了。路人1：昨晚我做了一个梦，梦见我哥我妈和我爸，我哥笑眯眯地看着我，我妈站在我背后，我爸在云游，九寨沟方向。路人2：为什么是九寨沟方向？路人1：不知道。当年他精神失常，离家后就再没有回来，那时候我才5岁。路人2：你哥不是死了吗？路人1：是的。我妈也快死了，癌症。路人2：你要保重。路人1：是的，我不能死，要活着。

路人3：我感到窒息。路人4：什么症状？路人3：呼吸困难。路人4：你在什么地方？路人3：家里。路人4：家里还有别的人吗？路人3：没有，我一个人。路人4：是孤独让你窒息？路人3：不是，我没觉得孤独。路人4：空气质量不好，你要安一个空气净化器。路人3：安了，不起作用。路人4：离开家，出来透口气，我在磨子桥喝茶，老王也在，你来不？路人3：算了，我再睡一会儿，只有睡着了才不会感到窒息。

路人5：睡不着，有可以看的片子吗，谁推荐一下？路人6：看苍老师的，可惜我也没有资源。路人7：看鬼片。路人5：我是认真的。路人8：好饿，但又不想起来。路人7：我也是认真的，看鬼片。路人9：我在老妈蹄花花牌坊店，哈哈，就不发图拉仇恨了。路人8：我还是起来下碗面吃。路人10：有谁想私聊？男的，语言要好，的地得不分的勿扰。路人5：我就的地得不分，傻逼。路人10：这是个鬼群，白天冷冷清清，晚上熙熙攘攘。路人5：我想打手枪，求图。路人10：你才是傻逼。路人11：哪个讲个笑话来听一下，哈哈哈哈哈哈。路人12：11，你又花枝乱颤了，你自己笑到高潮吧。路人5：10，其实我是爱你的，要不我们私聊一下？路人10：滚！路人6：苍老师在台北结婚了，看上去还像个少女，有图有真相。路人5：发上来。路人13：那些装睡的，冒个泡。路人8：我下了一碗煎蛋面，哈哈哈。路人14：我冒个泡，表示我确实没睡，还有谁没睡的，都来冒个泡。路人15：冒就冒，真他妈无聊。路人16：刚刚不是装睡，是老公压住了我的手，打不了字。路人10：香艳。路人17：不用找资源，这里就是鬼片现场。路人18：那个在吃老妈蹄花的人，吃完了还想做什么？路人9：幺妹，你想做什么？路人19：干脆起来去浣花溪公园集体裸奔吧，10，要不要？路人10：我还是喜欢私聊，哈哈。路人20：裸奔好，赞同的举手。路人21：深更半夜的，裸奔给谁看啊？路人22：刚刚手机不在身边，好热闹。

路人23：10，我们私聊，好吗？路人10：好啊。路人23：想聊什么？路人10：什么都可以。路人23：你真的很介意的地得？路人10：哈哈，说着玩的，不介意。路人23：你真可爱，能视频一下吗？路人10：不，我只喜欢语音。路人23：那你要小心了，我可是语言大师。路人10：我看你不是23，你是250。路人23：哈哈哈，二百五大师，也好，我接受你的命名。路人10：我又不是你妈，给你命什么名，想多了。路人23：你这样说话，没法聊了。路人10：你不是语言大师吗，这么快就认怂了？路人23：伤自尊了。路人10：算了，250，姐困了，你撩别个去吧。

5

"你撩别个去吧。"话音刚落，周围的人一个、两个、三个……从我眼前逐一消失。空间开始缩小,四个墙面向我围拢,越来越逼仄,我发现自己置身于一个只有几平方米的斗室。"你到几楼?"声音从背后传来,吓我一跳。回头看去,是一个男人,个子不高,肩膀上还搭着一个女人。我问这是哪里?男人说,是电梯。我又问,电梯要去哪里?男人说,往上去是天堂,往下去是地狱。说完,与搭在肩上的女人相互看了一眼,两人便怪笑起来。女人笑得尤其怪,笑一声,抽一下,笑一声,抽一下,好像她喉咙里安装了一只哨子。我意识到他们是在嘲笑我。我决定将计就计,就问:"那你们是去天堂还是地狱?"我以为他们一定会说自己去天堂,结果出乎意料,那个男的收住笑声说,他们要去地狱。说完,很自信地按了一下B4。

电梯迅速往下坠落,显示的数字从22一直往下降,21、20、19……有失重的感觉,耳膜刺痛,还出现耳鸣。"他脸都白了。"女人对男人说。"他不下地狱谁下地狱?"男人应和道。"他还有点帅。"女人说,又发出那种哨子一样的笑声。"是个小白脸,你喜欢的。"男人说,语气有点不爽。"我可不可以摸他一下?"女人问。

"嗯,你想摸他哪里?"男人清了清嗓子,尽量将语调保持平稳。"摸他的脸。"女人说。"想摸就摸吧。"男人说。我还在听着他们的对话发愣,那女的真的就将手伸过来放在了我的脸上。"好可爱的皮肤啊。老公,我们要不要把他养起来?"女人的手冰凉,还有一种让人厌恶的滑腻感,而她故作娇媚的语调更让人厌恶。"养吧,你高兴就好。"男人说。语调依然平稳,故意表现出一种男人的大度。但我却不平稳了,我操,把我当什么了,想养就养,你是谁啊?但我却不敢把这些话说出来。我不知道自己在害怕什么,但就是怕。"他在发抖呃,老公。"女人说。她的手还在我的脸上摩挲着。我终于想到那种滑腻的感觉像什么了,像章鱼的触手,难怪我那么厌恶。我努力克制自己颤抖的身体,深吸一口气,然后对那个男人说:"请你管一管你的女人。"可能是我的语气过于客气,那种知识分子特有的彬彬有礼,让男人觉得很可笑。他学着我的腔调,边笑边说:"请你管一管你的女人,哈哈,还请呢,老婆,要不要我管管你啊?哈哈哈。"我的身体抖得更厉害了,现在不是因为害怕,而是愤怒,我怎么碰上这么一对狗男女,两个傻逼,男女妖怪。正当我心里这样咒骂的时候,脸上突然一阵火辣辣的痛,那个女傻逼,她居然用她尖利的指甲在我的脸上抓了一爪。"你才是傻逼。"女人骂道,她居然听得见我的心声。男人也抬起一条腿,朝我的裤裆狠狠地踢了一脚,我一下蜷缩在地上。

电梯突然停了。真到了地狱?我挣扎着抬起头来,看见电梯显示的数字是7,离地狱大约还有10层楼。电梯门打开后,进来了三个男人。"是上还是下?"其中一个问道。"下。"先前那个男人说。"老子们要上。"刚上来的一个男人一边说,一边伸出手去猛戳电梯的按键。他戳的是33那个按键,是最顶端的一层楼。"想去天堂?"先前那个男人带着揶揄的口吻问道。搭在他肩上的那个女人又哨子般地笑起来。刚上来的三个男人感觉自己受到了冒犯,一齐转过身去逼视着这对男女,异口同声地质问道:"你们想怎么样?"先前那个男人还不想示弱,但一说话,就听出了他内心的胆怯:"现在是下行,不,不下到底,你们想上,也上不去啊。"三个男人互相看了一眼。"呸!"其中一个吐了一口痰,吐到先前那个男人的身上。"老子现在就要上。"他转过身,继续倒腾电梯的按键。电梯终于在第5楼停住了。他按住关门键,不让电梯门打开。电梯抖了一下,并没停住,继续往下走。"我操,我操!"那个人生气了,又开始手忙脚乱地倒腾那些按键。到了第4楼,电梯又停住了。这次他没有去按关门键,而是傻傻地看着电梯门,就好像看一个陌生的怪物。不一会儿,电梯门打开了,门外站了黑压压的一群人。"是上还是下?"那群人齐声问道。电梯里一片静默,没人回答。门内门外的人就这样僵持着,当电梯门即将关闭的瞬间,门外那群人突然冲上来,扳住电梯门,一窝蜂地挤进了电梯。

电梯门关上了,但马上又打开了,并发出"嘟嘟"的声音。超载了。但大家都沉默着,无视开着的门,也假装没听见那个刺耳的预警声。时间一秒一秒地消耗着,再后来就是一分钟一分钟地消耗着,"嘟嘟"的声音也一声接着一声,让人联想到某种定时器的倒计时。终于有人忍受不了这紧张的气氛,怯怯地问了一下:"谁下去啊?"大家一齐将目光转过去,是个身材单薄的女孩,身体和脸颊都被前后的人挤压着,显得更加单薄。一个大妈"哼"

了一声,说:"姑娘,要不你下去吧?"姑娘说:"我动不了。"话音带着哭腔。"动不了是吗?来,大家伙帮她一把。"大妈喊道。于是大家开始挪动身体,你推我挤,终于将这个女孩挤出了电梯。"哦吔",大家一阵欢呼。然而,"嘟嘟"的响声并没有消除,电梯门依然一动不动,没有要关上的迹象。"胖子,胖子下去。"不知是谁又大声地喊道。大家你看我,我看你,终于看到一个最胖的胖子,一个戴眼镜加秃顶的中年男人。不由分说,大家一起把他挤了下去。但电梯还是一动不动,还是"嘟嘟"地响着。"还有个胖子。"有人轻声说道。大家左顾右盼,终于看见了,就是刚才起劲地推那个女孩的大妈,她其实比之前被挤下去的那个胖子还要胖,尤其前胸,像挂着两只米口袋。"下去,下去!"在一阵起哄声中,大妈被推挤着,几下就被推出了电梯。她骂骂咧咧的,还想挤进来,又被人推了出去。但电梯还是一动不动,"嘟嘟"的预警声也丝毫没有停止。这时候,我感觉背后有一股巨大的力量在推我,而我的前面,也有相应的一股力量在反推着。也就是说,靠里面的人使劲地把人往外推,而靠外面的人,又在拼命地往里面挤。我知道,这样推挤下去,必然是身体弱的人被淘汰出局。我决定放弃挣扎，听天由命。有了这样的态度，不一会儿，我就真的被挤出了电梯门。跟我一起被挤出来的，还有先前那个将脑袋搭在她男人肩上的女人，她紧紧地抓住我的胳膊，将脑袋搭在我的肩上，这时我才发现，她是个残疾人，两条腿患有小儿麻痹的后遗症。她眼巴巴地看着电梯里面的那个男人，那个男人也看着她，但表情冷漠，没有要跟着她一起出来的意思。电梯门终于关上了，4、3、2、1……开始向下滑行。她哭了，眼泪一颗一颗地砸在我的手臂上。

6

我感到手臂越来越酸疼。我对她说，要不你换个手臂吊一吊？她说，这里已经没有别人了，我吊谁？我说，我的意思是，你换我另一只手臂吊一下。她"嗯"了一声，便从我的左手臂，攀援过我的前胸，一番摩擦和抓扯，终于吊在了我的右手臂上。这过程她花了一分多钟，显得很吃力，不住地喘气，我也感受到了她身体的颤抖，回忆起童年，一只麻雀被我捏在手里的那种感觉。可怜的女人。但可怜之人必有可恨之处，我想起了她之前在电梯里对我的羞辱，便迅速关闭刚刚泛起的那一丝怜悯，将自己保持在一种冷静，或冷漠的状态上。

一个男人迎面朝我们走来，他手里拿着一块纸糊的牌子，牌子上写着"带路"两个字。带路党，我好像在哪里见过？此时他应该询问，你们去哪里？但他并没有，而是默默地看着我，像是在等着我去问他。狡猾的带路党。我不上当，也沉默着，看谁定力好。"你们要去哪里？"终于还是我赢了，他先开了口。我依然不动声色，反问他："你能把我们带去哪里？"我以为这样的挑衅会激怒他，至少也让他尴尬一下，但他却一点这样的反应都没有，而是老于世故地回答说："我能带你们去想去的地方。"我决定与他杠到底，我说："我们哪里也不想去。"我看着他依然平静的表情，又补充了一句："想去也用不着你带路。"我以为这下可以让他哑口无言了，但他却说："你不问一下你的太太，她想去哪里吗？"

这时我才想起,我手臂上还吊着一个女人。她一直没吭声,但她肯定听见了我跟带路党的对话。当带路党问"你们要去哪里"时,那个"你们"是包含了她的,问一问她的意见似乎也是应该的。但她不是我的太太,这个误会我需不需要指出来?我还在犹豫,靠在我身上的这个女人却先开了口:"我没有想法,他去哪里我就去哪里。"她这个表态,既是对我的支持,但也相当于默认了她就是我的太太。看来误会是很难消除了。于是我顺势问她:"有想去的地方吗?"她仰起脸来,嘴唇正对着我的耳朵,轻柔地说:"我听你的。"我点点头,还用手在她的脸上抚摸了一下,给带路党秀了一下恩爱(这完全是下意识的,没有丝毫预谋)。然后我对他说:"带我们去白夜电影院。"

带路党惊讶地看着我。其实我自己也很惊讶,我怎么能够这么准确、肯定地说出这里一家有名有姓的电影院?但我并没把内心的惊讶表露出来,而是故作老练地问他:"有问题吗?"他眨巴了一下眼睛,回过神来,马上说:"没问题,怎么会有问题。"但就在这时,我露出了马脚,我驮着那个女人(现在可以说是我的女人了)转过身,背对着电梯门,准备往过道上走。"先生,我们还要坐电梯。"带路党说道,语气中透出几分怀疑。我知道这时候我不能表现出丝毫的迟疑,便用平淡的语气说道:"不急,我想先去下洗手间。"带路党慌忙上前两步,然后对着我们做了一个很有礼貌(礼貌得有些夸张)的引导手势:"请跟我来。"

7

　　这是一个送货的通道。地面有些滑,沾满油腻的液体。通道并不长,不一会儿就看见了一扇门。我推了一下门,门开了,里面是一个巨大的仓库,堆满了各种生鲜货品,有猪肉、牛羊肉、鸡、鸭、鱼,也有蔬菜和水果。仓库里灯火通明,一些穿着工装的人在忙碌着。我突然意识到自己走错了地方,便想退回去。我问一个推着手推车的工人,怎样才能出去?他的手推车上装着一大筐冰冻的带鱼，他扬了扬头，腾不出手来给我指路，便努了努嘴说，那边有电梯。我摇头说，我不是从电梯进来的，我要原路出去。他说，只有电梯，没别的路。我不相信，我说我确实不是从电梯进来的，还向他描述了我进来的那个像是送货的通道，难道这些货物不是从那个通道运进来的吗？他也摇了摇头，肯定地说，没有你说的那个送货的通道，这里只有送货的电梯。我又问他，电梯在哪里？他说，有很多电梯，你想去哪里？我说，我想出去。他说，每个电梯都可以出去。我问他，你现在是要去电梯吗？他说是的。我说，那我跟你去电梯。他没再说什么，推着手推车继续往前走，我跟在他的后面，一路上都是带鱼的味道。

但走着走着我又开始怀疑了，因为我看见了汽车，那种厢式的货车。我问他，难道这些货车也是从电梯进来的吗？他说是的，有一架专门运送货车的大电梯。我说不对，肯定有一个通道能出去，不只有电梯。我的固执己见让他很不高兴，他抖了抖肩膀，加重臂力，推着手推车以更快的速度往前走。而我呢，怀疑归怀疑，却不敢自己去找那个记忆中的通道，万一是我自己记错了呢？于是也只好跟在他的后面,把希望寄托在他说的电梯上。

  一个女人从旁边走过来,跟我打招呼。她好像认识我似的,但我却不觉得自己认识眼前的这个女人。她说,你不认识我了?我说,不好意思,我确实有点想不起来你是谁了。她就笑了一下说,你是在找电梯吧?我很惊讶,你怎么知道?她说,刚刚我们不是一起在找电梯吗?说着,她就过来挽住了我的手臂,把我往另一边拉着走。我看了看那个推着手推车的工人,他也回头看了我一眼,眼神中似乎有什么话想说,但却什么都没说,只是那样看了我一眼,就回过头去。我很疑惑,也有点紧张,这样被一个女人挽着走,有一种被绑架了的感觉。为了缓解一下气氛,我开玩笑地问她,你是卖鱼的吗?她说,你怎么认为我是卖鱼的?我说,我闻到你身上有鱼的气味。她问,是什么鱼的气味?我说,我一下还分辨不出来。她便抖动着身体笑了起来,说,我还以为你要说是美人鱼呢,你们男人都这样。看来她也是一个有幽默感的人。只是,我确实没想到还可以那样说。我确实不是一个善于讨好女人的男人,尽管我是一个双鱼男。

就在我迷迷糊糊被她拖着走的时候,她突然停住了,说:"到了。"我抬起头来,看见面前确实是一道电梯门。她伸手按了一下门边的那个上行键,电梯上面的数字就从10开始往9、8、7、6递减。看见这个变动着的数字,我好像清醒了一点。我问她:"你知道我要去哪里吗?"她侧过脸来笑着说:"知道啊,我们去电影院。"我问:"为什么要去电影院?"她说:"看电影啊,难道你忘了?"我确实是忘了。我问:"看什么电影?"她好像被我问得有点烦了,也或许是我的健忘使得她有点不高兴起来,她闭着嘴,故意不回答我的问题。我也很知趣,不再问她问题。电梯的数字递减到B1,停住了。门打开,我几乎是被她拽着走进了电梯。

但事实上,我们进去的,并不是一架电梯,而是一个洗手间,像电梯一样大小的洗手间。里面有小便池,也有抽水马桶,还有洗手台。墙上和地上贴的都是黑白相间的瓷砖。我问她:"怎么是洗手间?"她说:"你不是想解手吗?"我什么时候说过我想解手?我是不是真的被绑架了？这个女人究竟是谁？一连串的疑问从我的脑海里冒出来。不行，我得想办法摆脱这个让人生疑的局面。我先动了动右边的胳膊，看能不能甩脱她。但她把我挽得死死的，根本甩不脱。好吧，我假装自己确实是想解手，就用左手做了一个准备拉开拉链的动作，然后很自然地问她："你不回避一下吗？"她侧过脸来看着我，表示很惊讶："你要我回避？我和你，需要回避吗？"她的口气显得无可辩驳。我只好又心生一计，对她说："你知道的，有人在旁边，我解不出来。"她这才笑了笑，说："我知道。好吧，我不看你，我到一边去。"说着，她放开我的手臂，转身走到洗手台边，打开自己的手袋，取出一只圆盒，开始对着墙上的镜子给自己补妆。而小便池也正好倒映在那面镜子里。我说，你还是能看见我。她在镜子里停下补妆的动作，看着我说，那你想我怎么样？我说，你可以在外面等我。她哈哈一笑，说，外面？你看看外面是什么？出得去吗？随着她的话语，我转过身，看见电梯门是透明的，就像那种观光电梯，门外是林立的高楼，以及高楼之间闪烁的霓虹灯。我两腿发软，头也有些眩晕，有种要倒下的感觉。她过来扶住了我，用关切的语气说："还要我出去吗？"我已经完全没有了抗拒的能力，靠在她身上，说："不要了。"

8

接下来的情景是，我站在小便池前，她坐在马桶上，而整个卫生间像电梯一样往上升，让人感觉到一点轻微的震荡。透过透明的电梯门，看得见这个城市灯火辉煌的夜景。"好美啊。"女人坐在马桶上，很真诚地说道。我扭过身，看了看外面，也觉得很美。我说："第一次坐这样的电梯，第一次使用可以升降的卫生间。"她瞟了我一眼，说："你还说你尿不出来，现在怎么样？"我说："没问题。你呢？"她说："我也没问题。"其实我说谎了，我一直没尿出来。她又说："你真不记得我了？"怕什么来什么，这个尴尬的问题让我不知所措。她紧接着又说："你不用担心，其实你没问题，你确实不认识我，我骗了你。"她这话对我又是一次颠覆，我正在努力搜索，她究竟是谁？结果，我是真的不认识她。"那你是谁?"我问道。"我是M,你的陪看小姐。"她说道。见我还不明白,她又说:"你在我们平台订购了电影票,我是平台安排来陪你看电影的。"她说得很清楚了,但我还是很疑惑,我订购了电影票吗?于是我问她:"我订的是什么电影?"她愣了一下,然后说:"看来你真的健忘。你订的是《动物园》。"《动物园》?这是什么电影?但我不能再问了,不然我真的就是傻了。"我不知道平台还会有这样的安排。"我说道。"你知道这是一部什么电影吗?"没想到她倒问了我想问而又不好意思问的问题。我说:"你是陪看小姐,你难道不知道吗?"她说:"我们只陪看,不问看什么。"既然她也不知道,我也诚实地回答说:"我也不知道。我是看见片名觉得有意思,因为我喜欢动物,就想看一看。"听说我喜欢动物,她好像有点兴奋起来,问我:"你最喜欢什么动物?"我其实不喜欢动物,刚才的话只是一种应付。我说:"所有的动物我都喜欢,最喜欢的,我还真说不了。"我确实说不了。没想到,她接着我的话说:"我最喜欢蛇。"啊,我吓了一跳,怎么还会有人喜欢蛇呢?但马上我就明白了,她是想占据上风,继续对我实行操控,故意这样说的。于是我说："我最害怕的就是蛇。如果硬要说一种我喜欢的动物，应该就是狗吧。"听到我说狗，她突然提高了声调，差点要从从马桶上站起来："狗怎么算动物呢？它是人类的朋友。"我心里一下就高兴起来，这女人还算天真，没有想象的那么复杂和可怕。"的确，"我说，"狗不应该算是动物，至少不完全是动物。你也很喜欢狗吗？"她沉默了一会儿，然后说："我其实没真正养过狗，就因为我不认为它们是动物，所以不敢养。你呢，养过吗？"我如实回答："养过，现在还养着两只，一只叫小木，一只叫小可。"说到这里的时候，我终于尿出来了，尽管她就在旁边，有点难为情，但还是很爽快地尿了出来。我说："我尿出来了。"她哈哈一笑："你听，我也尿出来了。"

这真是从未有过的奇妙经历。我洗了手，看着电梯（或洗手间）外面的景色，很感慨地说："我都怀疑这是不是在做梦？"她还坐在马桶上，好像也被这样的情景感动了，半天站不起来。我问她："你好了吗？"她整个身子抖了一下，有种如梦方醒的感觉，说道："是的，真好。"

9

又是那个通道。只是这一次,通道变得光洁而又干燥。地面上透出蓝色的光晕,有种外太空的感觉。记忆中,再往前去,就是一扇门,门的里面,是一个开阔的空间。空间里面,有电梯,往上是天堂,往下是地狱。但通道太漫长了,我一直走,都没看见那扇门。我摸了摸墙壁,墙壁是冰凉的,有一种冰块的感觉。我又用脚在地面上试了一试,很平滑,那感觉也像是踩在一块冰面上。我突然冒出一个念头,何不用点力,让自己像溜冰一样地向前走呢?我弯下腰,重心下移,先是左脚向后蹬,然后是右脚,左右交替,向后蹬,越蹬越快,感觉到空气的助力开始变小了,通道两边的墙壁朝我的身后退去,且越退越快,我有一种即将飞起来的感觉。我不知道前面还有没有那扇门,但这种超越了正常速度的滑行,让我体会到一种前所未有的快感,有没有那扇门已经无关紧要了。我已经停不下来,也不想停下来。我知道这样下去,速度会越来越快，直到超越时间，完全失去自己的掌控。但我想，就算一下滑进了一个万劫不复的深渊，又有什么呢？这样一想，我就完全放松了，听凭身体向前滑行，且越来越快，越来越轻，最后与这个蓝色的通道融为一体，这感觉，真的是太奇妙，太幸福了。